PRA VOCÊ QUE TEVE UM DIA RUIM

VICTOR FERNANDES

PRA VOCÊ QUE TEVE UM DIA RUIM

Copyright © Victor Fernandes, 2019
Copyright © Editora Planeta do Brasil, 2019
Todos os direitos reservados.

Preparação: Fernanda França
Revisão: Project Nine Editorial e Laura Vecchioli
Diagramação: Vivian Oliveira
Capa: Departamento de criação da Editora Planeta do Brasil
Imagens de capa e miolo: Rijksmuseum

DADOS INTERNACIONAIS DE CATALOGAÇÃO NA PUBLICAÇÃO (CIP)
ANGÉLICA ILACQUA CRB-8/7057

Fernandes, Victor
   Pra você que teve um dia ruim / Victor Fernandes. -- São Paulo
Planeta, 2019.
   192 p.

ISBN: 978-85-422-1527-4

1. Crônicas brasileiras 2. Felicidade 3. Autoconhecimento 4. Autorrealização
I. Título

18-2164   CDD 158.1

Índices para catálogo sistemático:

1. Crônicas brasileiras

2020
Todos os direitos desta edição reservados à
EDITORA PLANETA DO BRASIL LTDA.
Rua Bela Cintra, 986 – 4º andar
01415-002 – Consolação – São Paulo-SP
www.planetadelivros.com.br
faleconosco@editoraplaneta.com.br

Para todas as pessoas que precisam de um abraço, de uma dose de afeto, de luz, de amor.

Para todas as pessoas que precisam voltar a acreditar que vai ficar tudo bem.

A ÚNICA COISA QUE POSSO DIZER AGORA É QUE VAI PASSAR.
O RESTO É O TEMPO QUE DIZ.

Não vai ter mágica. Não vai ter um clique em que tudo vai passar de uma maneira brusca. Não vão ter soluções caindo do céu. A única solução mágica que eu conheço é continuar seguindo em frente apesar de tudo. Continuar vivendo, enfrentando, caminhando mesmo cambaleando e tropeçando e sentindo dor.

É preciso se permitir seguir em frente. Permitir-se levantar e continuar. Parar de se achar fraco. Você não é fraco, você só está passando por dias ruins, por momentos dolorosos, por algumas situações incômodas. Você está longe de ser fraco. Olhe quantas coisas você superou, quantas coisas você precisou enfrentar e conseguiu dar a volta por cima.

Observe com carinho a sua trajetória, se parabenize por ter saído de todos os becos sem saída, tenha orgulho de ter melhorado e crescido sem ter pisado em ninguém. Chegue na frente do espelho e se olhe nos olhos, relembre quantas vezes olhou para as situações e se sentiu impotente, mas o tanto delas que você venceu e aprendeu lições.

Do mesmo jeito que você tem caído, você tem aprendido. É, a gente aprende mesmo na dor, nos desarranjos, nos sufocos, e você pode se orgulhar de ter feito limonadas e caipirinhas com os limões azedos que a vida tem oferecido. Tudo bem desabar. Querer desistir é ok.

Não há máquinas aqui, só seres humanos falhos, com um coração de verdade e dores reais. Gente que tem que buscar forças sei lá de onde. E você é assim. Tem momentos de fraqueza, mas é forte. Tem momentos de dor, mas é resistente demais. Tem momentos de tristeza, mas é cheio de motivos para ser feliz.

**E, sim, vai passar.
Vai, sim.
Você sabe.**

FAZER UMA FAXINA NO QUARTO ÀS VEZES NOS INCENTIVA A FAZER UMA FAXINA NA VIDA.

Fui arrumar meu armário e percebi o tanto de coisas desnecessárias que nós guardamos. O mesmo vale para nosso coração. Claro que, em algum momento, aquilo foi importante e necessário, mas é tão bom quando fazemos uma triagem, agradecemos com muito carinho os momentos vividos, deixamos um lugar bonito reservado no peito e desapegamos de vez.

Foi um momento intenso, olhar todas aquelas fotos, todas aquelas lembranças, cartas, bilhetes, resquícios de encontros felizes e conexões profundas. Foi esclarecedor e ao mesmo tempo surpreendente; percebi o tanto de pessoas que ficaram pelo caminho, o tanto de frases que fizeram sentido no passado, mas que hoje são apenas junções de palavras bonitas e só, o tanto de sentimentos e sensações que pareciam eternas e agora são apenas recordações desbotadas.

A vida é mesmo uma caixinha de surpresas, penso comigo. Talvez ela nem seja tão cheia de surpresas assim, a verdade é que a maioria das coisas "está" e não "é". Tudo acontece, deixa sorriso ou lágrima, aprendizado e lembranças. Pouca coisa permanece, e arrumar meu armário me mostrou nitidamente isso.

Faxinei e desapeguei. Arrumei o armário como início da arrumação que precisava fazer dentro de mim. Rasguei cartas e bilhetes, queimei fotos, me livrei de todos os excessos que fazem acumular poeira no armário e nostalgia no peito. Ganhei espaço.

Espaço para novas recordações, novas cartas e bilhetes, e fotos, sim, as pessoas ainda imprimem fotos. Senti a leveza no ambiente.

Notei que às vezes as mudanças brotam de fora para dentro. Fazer a arrumação no quarto resultou numa experiência profunda, desgastante, mas elucidativa. Peguei a nostalgia e fiz dela desapego, peguei as lembranças e fiz delas combustível para entender o presente: realmente, tudo passa e tudo muda, só nós ficamos.

Nós e uma camiseta velha que não jogamos fora de jeito nenhum.

UMA CARTA PARA QUEM TEM O CORAÇÃO BOM E QUE SOFRE MAIS.

Já culpei meu coração bom por eu ter sofrido tanto por algo. Tenho certeza de que você também já pensou nisso, que é culpa da nossa bondade, culpa de termos o coração mole, de distribuirmos perdão, benefício da dúvida, e acreditarmos na constante mudança e melhora das pessoas. Somos assim, e não devemos deixar de ser.

Olha, as pessoas boas quebram mais a cara mesmo. Faz parte. Somos mais sensíveis e talvez mais fáceis de sermos enganados, mas a maturidade e as experiências vêm e nos ensinam a lidar melhor com a maldade do mundo. Desenvolvemos escudos, controlamos a ingenuidade sem perdermos a doçura, evoluímos para um estado em que continuamos afetuosos e bondosos, porém trazemos agora uma armadura. A vida traz machucados e em seguida ficamos calejados. Leva tempo, mas acontece.

O coração bom não tem culpa da maldade que existe lá fora. É lindo saber que, apesar de tudo, mantemos a pureza e a honestidade que moram em nosso peito. Você e eu somos mais fortes do que todas as pessoas que nos machucaram, que nos enganaram, que não nos respeitaram. Saímos com a consciência tranquila e podemos sempre dormir em paz. Não foi por falta de bondade nossa que as coisas deram errado.

Devemos agradecer por, mesmo tendo esbarrado em tantas pessoas erradas, não termos nos contaminado. Aprendemos lições, crescemos, amadurecemos, mas não viramos pessoas frias, insensíveis e más. A luz não se apagou em nós. Brilhamos ainda. Brilharemos sempre, porque nossa essência é boa e, apesar das dificuldades, fazemos tudo para mantê-la assim.

Errado é quem faz mal, quem machuca, quem se aproveita do coração alheio. Nós, ainda bem, estamos aqui, firmes e fortes, com o coração bom e cheio de paz.

NÃO SE CULPE POR FAZER O QUE É MELHOR PRA VOCÊ.
SE FAZ MAL, DESISTA E MUDE DE CAMINHO, NÃO HÁ NADA DE ERRADO NISSO.

Tá tudo bem desistir. Tá tudo bem mudar de rota, de rumo, de destino. Tá tudo bem tentar ir por outro caminho. Tá tudo bem abrir mão de um sonho, de um objetivo, de alguém. A única coisa que não está tudo bem é você ser infeliz.

Se você se sente infeliz, se suas metas e objetivos o machucam mais do que o bem que conseguir alcançá-los vai oferecer, se sua vida tem se tornado amarga e miserável nesse caminho que você escolheu, desista e mude de direção. Perder, em muitos casos, não é derrota, é abrir espaço para novas possibilidades, é resgatar a alegria e o desejo de mergulhar em novos oceanos.

Não adianta conquistar coisas e não ter saúde mental para usufruir delas. Nada nessa vida compensa a perda da sua alegria de viver, do seu tesão pelas coisas que ama, do seu brilho. Desistir faz parte e tá tudo bem. Tá tudo bem colocar pontos-finais naquilo que consome, desgasta, faz mais mal do que bem. Não é fraqueza. A vida é vasta e cheia de oportunidades de ser feliz de novo. Desvios de rota são possíveis e necessários.

É um enorme desperdício insistir em portas que não querem se abrir. Mais uma vez repito: tá tudo bem rasgar o roteiro e o mapa, e ir atrás de outras coisas, outras portas, outras chances. E se o mundo culpar você, não deixe isso diminuí-lo e fazê-lo pestanejar, você está fazendo aquilo que acredita que é o melhor pra si, ninguém tem nada com isso.

Às vezes a gente precisa sacudir tudo, virar as coisas de cabeça para baixo,

MUDAR A ROTA

e o rumo, buscar a felicidade em outro canto. Tá tudo bem.

É entre você e seu coração. É entre você e sua paz. É entre você e o quanto você merece ser feliz. Não há nada de errado em desapontar alguns e fazer o que é melhor pra você. Não há nenhum equívoco em fugir de algo que lhe faz mal e tentar encontrar o que lhe faz bem.

É LINDO QUANDO VOCÊ DESCOBRE QUE TÉRMINOS NÃO SÃO O FIM DO MUNDO.

Você vai perdendo a vontade de *stalkear*. Vai deixando de ter interesse em saber o que se passa do outro lado. Vai ficando sem vontade de saber as novidades. Deixa de doer. Deixa de arder. As cicatrizes, apesar de visíveis, não machucam, se tornam apenas resquícios, lembranças. Você esboça novos sorrisos, busca encontrar novas possibilidades de felicidade, e descobre que pode ser feliz de um jeito que antes parecia utópico.

As mensagens no celular perdem o poder de afetar o seu humor, o passado é ineficaz em tentar puxar você para trás. Esbarrar com uma foto nas redes sociais não estraga mais seu dia. Já estragou muitos. Sua galeria de fotos, apesar de ainda conter vestígios de lembranças, não tem mais a capacidade de fazer você entrar em um loop nostálgico. São memórias de um tempo bom. Memórias.

Não há medo de reencontros. Pode ser no supermercado, pode ser no posto de gasolina. Não dá para ser imune, você é humano e viveu coisas profundas, sentir algo estranho é normal, mas você vai passar longe da possibilidade de ter um momento caótico. Está tudo muito pacífico. Lindamente calmo.

Machucou. Sabemos. Não há como negar. Mas, do mesmo jeito que a dor parecia infinita, agora a sensação de paz parece inalterável. As coisas custaram a ficar bem. Os dias pareciam intermináveis. Você, volta e meia, pisou próximo da loucura. Linha tênue entre o restinho de sanidade e o fundo do poço.

Mas você sabe, ou melhor, aprendeu, que não há superação que não aconteça. Ela sempre vem. Seja a de um término, seja a de uma tempestade. A certeza de que há um recomeço e um céu azul sempre disponíveis é maior do que qualquer outra. Sofrer faz parte de qualquer roteiro, de qualquer vida. Cê aprendeu isso também.

O caminho é esse. Sempre será. Vivemos, sentimos, aprendemos, sofremos ou sorrimos, ou os dois, nos despedimos, conhecemos, desconhecemos. É assim. Faz feliz como nunca. Dói como nunca. Passa como sempre. Passou.

Eu disse que ia passar.

AMOR NÃO PRECISA DE DEFINIÇÕES. É CLICHÊ, MAS É VERDADE: "SE FAZ SENTIR, FAZ SENTIDO".

Não tem problema se não for amor. Não vai doer tanto assim. A verdade é que pouco me importa se é amor ou não. Quero que faça bem, todo o resto tem me parecido detalhe. Não me ocupo criando rótulos e abraçando roteiros. Não sigo nenhuma lista mental sobre requisitos para ser amor. Amor não me parece assunto de dicionário e sim de corações.

Me interessa o fazer bem. Se faz bem, já me aquece o coração. Não me importa o tempo, não me importa o formato, me importa apenas se me traz alguma espécie de paz e me deixa confortável para ser o que sou. Isso me basta de uma forma gigantesca.

Espero que você entenda isso o quanto antes, o amor não precisa ser rotulado e definido. Cada um ama de um jeito, sente de uma forma, demonstra de uma maneira. Não há réguas, não há termômetros, medidores, gráficos. Os corações sentem, os corpos explanam, raramente as mentes explicam. Não precisamos de carimbos "isso é amor", "isso não é amor", precisamos fazer bem ao outro e ficar onde nos fazem bem. Todo o resto é apenas resto mesmo.

Importa é se ajuda a crescer, se coloca energia boa, se transforma distâncias em calor humano e presença, se dá um jeito de fazer você feliz nas horas ruins, se o apoia, se o faz se sentir bem. Importa é se abraça suas peculiaridades, sua bagunça, sua alma inquieta. Importa é se coloca beleza em sua vida, se busca entender você, se respeita o que você é e o ajuda a enxergar o que precisa ser melhorado.

Amor é isso, amor é aquilo, amor é um monte de coisa que não precisamos perder tempo tentando entender ou interpretar. Amor tá naquilo que deixamos de lado enquanto focamos em coisas que não são tão relevantes assim. É menos complexo do que parece.

**Se faz bem a você,
de algum jeito já é amor.**

VOCÊ É O QUE VOCÊ SENTE
E NÃO O QUE PENSAM DE VOCÊ.

Você não é a opinião dos outros. Você não é aquela crítica de cinco anos atrás. Você não é aquele xingamento. Você não é aquele erro. Você não é aquela falha. Você não é aquele dia ruim. Você não é aquela fase péssima. Você não é o que pensa de si mesmo nos dias cinzas. Você não é a falta de maturidade de outrora. Você não é mais aquela pessoa que machucou as pessoas que ama. Você não é aquela palavra equivocada ou aquela frase infeliz.

Resumir você aos erros é uma pena dolorosa demais. É reduzir exageradamente. Porque para cada vez que você falhou, tiveram outras vezes em que você acertou demais. Para cada palavra equivocada, houve outras cem palavras boas, afetuosas e de incentivo. Para cada dia ruim, houve outros vinte dias bons. Para cada vez que você machucou alguém, houve milhares de vezes em que você foi o ombro amigo, o porto seguro, o abraço que acalma e faz bem. Você sempre se esquece da parte boa que mora em você, você sempre ignora a parte mais extensa do seu coração, que é feita de amor, bondade e luz.

Você esquece os elogios, mas se lembra sempre das críticas. Você esquece os abraços, mas se lembra sempre das grosserias. Você esquece quem o incentivou, mas se lembra sempre de quem disse que você não consegue. É tudo uma questão de perspectiva. É tudo uma questão do quanto você prefere dar razão a quem não conhece nada ou conhece apenas 5% do que você é, e do quanto ignora quem o conhece mais profundamente: você mesmo.

Só você sabe o que se passa aí dentro, só você sabe o que já se passou. Só você sabe todas as coisas que teve que enfrentar internamente, todas aquelas vezes em que você viveu batalhas internas violentíssimas enquanto sorria por fora. Só você sabe o que tem e com o que teve que lidar. Só você sabe quantas vezes chorou no banho, quantas vezes sorriu sozinho comemorando vitórias silenciosas na batalha "eu x eu". Só você e seu travesseiro sabem a quantidade de vezes que foi dormir repetindo "vai passar, vai passar, vai passar", e todas as outras vezes que acordou e seguiu em frente cheio de força e aprendizado. Você venceu e vence muitas coisas, todos os dias, todos os momentos. Tenha orgulho disso tudo.

Não seja tão duro consigo mesmo.

TENHA NOÇÃO DO SEU VALOR E DAQUILO QUE VOCÊ REALMENTE MERECE.

Há muita coisa bonita em você, talvez você tenha esquecido. Há muita beleza aí, permeando seu ser, e você a exala o tempo inteiro, só não percebe. Não percebe porque seu amor-próprio passou um tempo jogado de lado e você preferiu ouvir opiniões de quem não sabe reconhecer o quão incrível você é. Deu voz ao descaso e à indiferença alheia e se esqueceu de ouvir uma parte importante sua que está sempre gritando: você vale muito, você vale muito, você vale muito!

Não é porque alguém não conseguiu amá-lo, que você não tem, dentro de si, motivos para ser amado. Sua beleza, sua força, sua luz e todas as outras coisas bonitas que moram em você não dependem de aprovação alheia, não dependem de alguém concordar com elas, não dependem de alguém saber apreciá-las. Sim, eu sei que todas as decepções e vezes em que não conseguiu despertar um algo a mais em alguém fizeram você se sentir ferido e questionar tudo isso que falo agora, no entanto mais uma vez eu digo: você não precisa da aprovação de ninguém, em você há muita beleza e motivos para permanecer ao seu lado.

Você é de amor, é de fé, é de paz, é de carinho, é de afeto, é de entrega, de mergulhos profundos, de tentativas constantes de fazer o bem. Orgulhe-se de tudo isso. Orgulhe-se e crie a certeza de que não é culpa sua o fato de algumas pessoas passarem por você sem ter a plena noção do ser humano maravilhoso que você é.

Lembre-se de todas as vezes em que você poderia ter sido mau e optou por ser perdão. Lembre-se de todas as vezes que você errou e logo em seguida se sentiu péssimo por isso e tentou consertar. Lembre-se de todas as vezes em que seu peito gritou ideias revolucionárias quando você se deparou com injustiças. Lembre-se de todas as vezes em que você foi ombro amigo, foi conselho, palavra de incentivo, presença incondicional. São tantos motivos para se orgulhar, são tantos motivos para você se olhar no espelho e se sentir feliz por ser quem é. Apenas faça o esforço mental de relembrar tudo isso. É injusto demais consigo mesmo se sentir inferior, se sentir uma pessoa que não é digna de ser amada.

VOCÊ MERECE O AMOR,

merece a paz,
merece pessoas
que tenham noção da
pessoa maravilhosa
que você é,
mas, PRIMEIRO,
você tem que se

LEMBRAR DE TUDO ISSO E APRENDER A SE AMAR do jeito que você precisa. É quando a gente se ama que a gente atrai as energias certas.

TÁ TUDO BEM
NÃO ESTAR TUDO BEM.

Hoje, me permiti ficar triste. Me permiti ouvir as músicas mais tristes da minha *playlist*, ver o filme mais triste do catálogo de filmes tristes, ler os poemas mais tristes dos livros mais tristes que tenho na estante. Deixo a tristeza ser sentida, a decepção ser digerida, o dia cinza ser cinza do jeito mais cinza de ser. E tá tudo bem.

Levanto, faço um lanche enquanto ouço músicas tristes tocando, olho a vida lá fora, o sol é forte e o azul do céu parece convidativo. Mas hoje é meu dia cinza, de uma fase cinza que talvez esteja durando mais do que deveria. Algo dentro de mim questiona se eu não preciso me forçar a ir lá fora, abrir um sorriso amarelo, respirar ar puro e tentar ficar um pouco mais leve, mas outra parte pede que eu fique e lide com toda a bagunça que mora em mim nesse momento.

E fico. Me permito refletir, pensar, recapitular os erros. Me permito recusar convites para festas e ideias dos meus amigos para me tirar de casa e me animar. Me permito ficar de frente para as dores que aqui estão, e enfrentá-las. Porque o luto precisa ser sentido, a confusão precisa ser sentida e solucionada, a falta precisa ser sentida e superada, os dilemas precisam de respostas. É bonito perceber que posso ficar no meu cantinho e lidar comigo, no meu tempo, sem precisar dar satisfação ao mundo ou mostrar pra ele que tô bem, sem estar bem de verdade.

Vou ficar bem quando meu corpo, minha alma e minha mente disserem que estou. Nem um minuto antes nem um minuto depois. É meu tempo, minha bagunça e meu jeito particular de lidar com tudo que se passa aqui, e não cabe ao mundo julgar nada.

Me permito ficar triste, mas não me acostumo a ficar triste. Um otimismo bonito mora dentro do meu peito e me faz acreditar que logo, logo, as coisas se ajeitam e melhoram. A minha parte racional, que por vezes fica em segundo plano, me lembra também que eu não preciso ter pressa, que talvez isso tudo demore mais uns dias.

Mas não vai demorar uma vida, porque o sol sempre volta, as nuvens sempre passam e a bagunça sempre acaba sendo arrumada.

ALGUMAS COISAS QUE PRECISO LHE DIZER CASO VOCÊ ESTEJA DUVIDANDO DE SI OU TENHA ESQUECIDO SEU VALOR.

Caso ninguém tenha dito hoje, eis algumas coisas que talvez você precise escutar. A primeira, é que você é forte, por mais que tenha fraquejado bastante ultimamente. Cair faz parte da vida, e muita gente forte também cai. A segunda, é que tá tudo bem chorar, tá tudo bem ficar meio emburrado, meio chateado, sem muita paciência para conversar. Você não precisa se fingir de forte, muito menos fingir que está bem. Você vai mostrar que está bem quando realmente estiver, e pronto.

A terceira, é uma das mais importantes: não se esqueça do seu valor. Se você está aí se desgastando por coisas que não têm muita importância, por pessoas que não têm noção do quão especial você é, lembre-se: você não precisa se diminuir para caber em algum lugar, tampouco perder seu equilíbrio por bobagens, por lances rasos, por coisas minúsculas. Você é gigante e é um universo de coisas lindas e profundas, essa percepção deve fazê-lo pensar dez vezes antes de perder sua paz por qualquer coisinha ou pessoinha.

A quarta, tudo está passando. Mesmo que você tenha aprendido as lições anteriores, isso não significa que as situações vão se resolver por mágica ou que as soluções vão ser de uma hora para outra. As coisas estão começando, acontecendo, terminando. Tudo no ritmo delas, não no da sua ansiedade, da sua vontade, da sua pressa. Você é forte, não tem problema estar triste, é enorme e cheio de valor, ainda assim, não há atalhos para enfrentar os dias difíceis.

A última, para você que leva alguma fé nas coisas que falo, é que você está amadurecendo, e isso é um processo extremamente complexo e quase sempre lento. De alguma forma, com o passar do tempo, você vai desenvolver a capacidade de olhar para trás e enxergar os aprendizados em cada pequeno ou grande momento. Vai poder identificar lições que antes não estavam tão evidentes. Você está crescendo e tem todo o direito de se orgulhar do ser humano que está se tornando.

> **Espero que você se dê conta de que está florescendo, mesmo dentro do caos, mesmo durante as tempestades, mesmo com tanta coisa acontecendo, atrapalhando e tentando impedir. Orgulhe-se.**

PESSOAS VÊM E VÃO, CONEXÕES COMEÇAM E TERMINAM, POUCA COISA PERMANECE. É A VIDA.

Quando crescemos, muita gente vai ficando pelo caminho. Não que elas tenham perdido a importância, mas a vida faz isso, joga uns pra lá, outros pra cá, pouca gente permanece e isso não significa que outras não quiseram permanecer. As pessoas simplesmente têm outros caminhos, outras possibilidades, outros planos, e a vida as leva e nos leva. A mesma vida que junta, separa. Quase sempre é inevitável.

É preciso se culpar menos. Claro que tem gente que vai embora de nossa vida por culpa nossa mesmo. Tem gente que magoa e a gente se afasta, tem gente que é magoado e se afasta da gente. Tem gente que não tinha uma conexão forte conosco e por isso a vida deixou o filtro natural do afastamento fazer o trabalho de colocar cada um pro seu canto e quebrar os vínculos. É preciso parar de achar que as pessoas foram embora porque nós não somos suficientes. Somos suficientes, sim.

Talvez não tenhamos conseguido dar aquilo que aquela pessoa esperava que déssemos, talvez tenhamos qualidades ou defeitos que não interessam ao outro, e isso não significa que há algo errado em nós. Significa apenas que as energias não são compatíveis, os gostos, desejos, sonhos, planos e jeitos não tiveram o encaixe necessário para tornar aquele vínculo mais forte. Não devemos, em momento algum, achar que falta algo em nós e que somos pouca coisa. As pessoas são diferentes, têm anseios diferentes e expectativas diferentes. Ninguém tem culpa por querer algo diverso ou pessoa diversa.

É um aprendizado importante perceber que a vida funciona assim. Fica quem pode e quer, vai quem precisa e quer ir. Vez ou outra, isso é doloroso, mas sempre é uma oportunidade para novas chegadas, novas histórias, novas possibilidades.

Crescer é isso, ir vivendo, amadurecendo, evoluindo, conhecendo e se despedindo, chegando e indo. É fato, pouca gente permanece. Acostumar-se é questão de tempo e sobrevivência. Aprender como tornar nossa vida um terreno bonito para boas conexões serem plantadas é lindo, mas não evita as despedidas. O importante é não se culpar.

Nosso jardim é lindo, perfeito e cheio de vida, mas isso não significa que todas as borboletas vão querer permanecer, e o jardineiro raramente tem culpa.

EXISTEM MUITOS MOMENTOS BONS NO MEIO DOS DIAS RUINS.
É PRECISO PERCEBÊ-LOS, ABRAÇÁ-LOS E AGRADECÊ-LOS.

O que é um dia bom? Um dia bom não precisa de grandes acontecimentos, não precisa de uma festa, não precisa de um milagre ou uma reviravolta decisiva. Um dia bom pode ser um dia jogado no sofá, assistindo a comédias clichês e tomando sorvete. Um dia bom pode ser um dia em que você estava preparado para um banho de chuva e o sol abriu repentinamente. Um dia bom pode ser um dia sem trânsito, um dia sem brigas, um dia sem um boleto novo passando por debaixo da porta.

Um dia bom pode ser um dia chuvoso, bebendo chocolate quente e lendo um romance que você já leu três vezes. Um dia bom pode ser um dia em que seu time ganhou, um dia em que seu time perdeu, mas jogou bem, um dia em que seu time empatou nos 49 do segundo tempo. Um dia bom pode ser um dia em que seu cabelo está rebelde, e você vai pra padaria e elogiam sua beleza. Um dia bom pode ser uma segunda-feira, uma quinta-feira, um sábado. Um dia bom não precisa ser perfeito, pode, sim, ter tropeço.

Talvez você perceba que dias perfeitos não existem. Existe dia ruim, em que quase tudo dá errado, mas nele, há sempre, para os atentos, algum motivo bobo e pequeno para comemorar e agradecer. Raramente percebemos. Num dia ruim, por mais cinza e nebuloso que esteja, existe alguma razão para se sentir bem, alguma razão para colocar a cabeça no travesseiro e sentir algum otimismo e calor no peito. É preciso prestar atenção.

É exigir demais que a vida seja imune aos problemas e desarranjos. É pedir demais querer que tudo saia como o planejado. É pedir demais esperar dias perfeitos. A única saída é treinar os olhos para perceberem que há beleza nos momentos mais críticos e dolorosos, há coisas boas nas fases mais azaradas e tristes.

Até nos dias "ruins" existem motivos para agradecer, acreditar e seguir em frente. Até quando parece o fim do mundo, existem luzes no final do túnel escondidas nas pequenas coisas da rotina. As chances de ser feliz estão vivas, 24 horas por dia, 7 dias por semana, 365 dias por ano.

HÁ MUITA VIDA DEPOIS QUE VOCÊ SE DESPEDE DE QUEM VOCÊ PRECISA SE DESPEDIR.

Que seu coração perceba que às vezes as despedidas são necessárias, que deixar alguém ir embora às vezes é a melhor chance de reencontrar a si mesmo e que as pessoas vêm e vão mesmo, isso é doloroso, corriqueiro e quase sempre inevitável. Machuca mesmo, todo mundo sabe que, por mais que esteja fazendo mal e não faça mais sentido, colocar pontos-finais dói, sim.

Vai ser um processo extremamente desgastante, nostálgico, custoso. Todas as pessoas que passam por nossa vida deixam algo bom também, deixam lembranças boas, aprendizados, certezas. Todas as pessoas que passam também deixam cicatrizes, machucados, lembranças ruins, lições penosas. É uma mistura intensa e profunda que faz com que nenhuma despedida seja simples e rápida.

Mas seu coração acaba entendendo. Acaba entendendo que vai ficar tudo bem, que o futuro reserva novas histórias, novas possibilidades, novos caminhos, e que é mesmo um passo de cada vez. Um dia avançamos, noutro tropeçamos, temos algumas recaídas e passos para trás, outros passos enormes para frente. É um caminho longo depois do ponto-final, mas você vai aprender a chamá-lo de recomeço.

POR MAIS QUE DOA, A VIDA É FEITA DE DESPEDIDAS, DE ENCONTROS E REENCONTROS, DE ADEUS E "PRAZER EM CONHECÊ-LO". É ASSIM, NUM DIA MACHUCA, NO OUTRO AJUDA A SARAR.

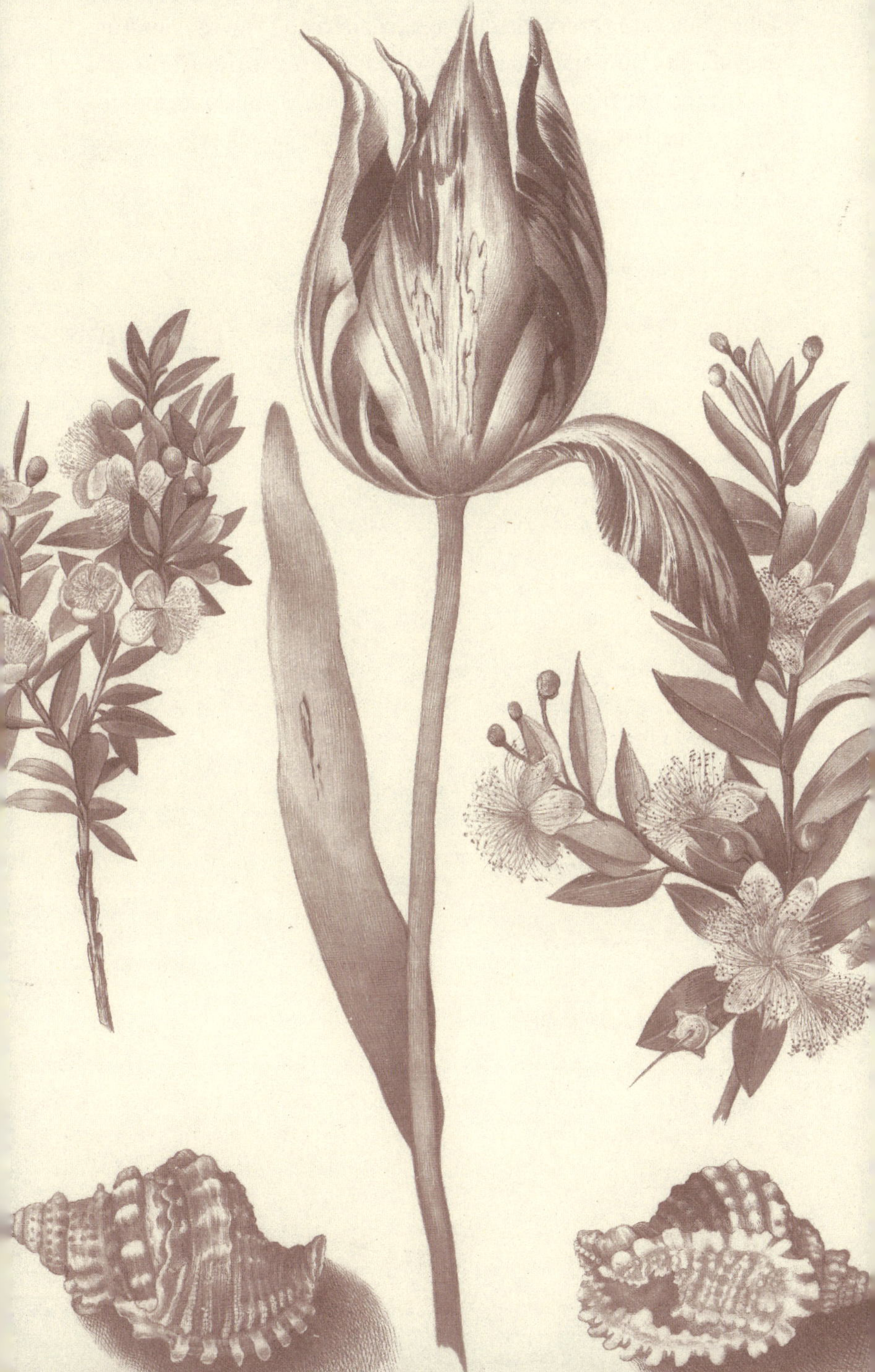

Ele pode e será cheio de chances bonitas de ser feliz, porque a felicidade está reservada e só aguardando que você a construa, devagarinho, no ritmo que você pode e consegue, no ritmo que seu coração permite ir. O coração é a bússola, o guia, o termômetro. Do jeito dele, você vai conseguir escrever novos capítulos de vida que segue outra vez.

SEM PRESSA, SEM PRESSÃO, VOCÊ VAI DAR SUAS VOLTAS POR CIMA.

Dói sentir que está ficando para trás. Dói ver as pessoas lidando com facilidade com coisas que você sente uma dificuldade absurda para superar. Dói se sentir mais fraco do que o resto do mundo. Dói acreditar que não consegue seguir em frente. Eu sei que dói. Dói você se olhar no espelho e não enxergar nos próprios olhos qualquer resquício de esperança de dar a volta por cima.

Mas eu espero que você saiba que apesar de doer fundo e de maneira real, todas essas sensações não resumem nem dão dimensão do tamanho da sua força. Você se sente fraco e acha que não está seguindo em frente, mas, se olhar para trás, vai ver que superou todos os outros dias ruins, que deu pequenas voltas por cima todos os dias antes de dormir, e acordou disposto a vencer mais um dia. E você tem vencido, mesmo sem perceber. Tem vencido, mesmo com essa ideia insistente de que você está estagnado.

Você se sente empacado, mas não está, porque cada pessoa tem seu ritmo, e você não pode ficar se comparando com elas. Todo mundo lá fora tem sua história e seu jeito de lidar com as coisas, todo mundo lá fora está enfrentando as próprias batalhas, e você não pode julgar se é lento ou veloz, porque só elas sentem, então só elas podem dizer quão devastadora e intensa é a dor que sentem. Seu ritmo é seu ritmo, nem rápido nem devagar, é seu ritmo, apenas seu ritmo. O seu relógio interno segue um fuso totalmente diferente de qualquer outra pessoa. Não se compare, por favor, não se compare.

A superação está ocorrendo, você a enxergando ou não. A superação está acontecendo, todos os dias, nos detalhes, nas coisas que parecem pequenas, mas são verdadeiras vitórias. Qualquer passo em frente é progresso, 1% ou 20%, não importa, é progresso.

Você não é fraco, você não está ficando para trás, você não é menor do que ninguém. Você está lidando com suas coisas, com sua bagunça, seu caos, seus dilemas, e isso não precisa seguir o ritmo de ninguém. Seu tempo é seu tempo. Não tenha pressa e observe mais atentamente as vitórias escondidas na rotina.

ARRISQUE, ERRE, CAIA, LEVANTE, RECOMECE, TENTE QUANTAS VEZES FOR PRECISO, SÓ NÃO ACEITE MENOS DO QUE VOCÊ ACHA QUE VAI FAZER SEU CORAÇÃO FELIZ.

Você beija a mesma boca e espera resultados diferentes. Você frequenta os mesmos lugares e acha que vai encontrar algo diverso do que já encontra ali. Você tenta as mesmas coisas, do mesmo jeito, torcendo para que a vida flua da maneira esperada. Não, não é assim que as coisas funcionam. Beijar o mesmo erro, frequentar o mesmo erro, tentar o mesmo erro, por mais que tudo isso pareça acerto, só vai lhe dar as mesmas sensações, as mesmas respostas, as mesmas decepções.

É preciso parar de repetir os mesmos erros. Claro que isso não significa parar de errar, mas, só o fato de errar em outras direções, já é progresso. Por mais duro que isso pareça, é importante mudar de rumo, de companhias, de lugares, e errar em outras direções. É assim que a gente acaba acertando, quando a gente percebe que insistir em tal coisa ou pessoa dá sempre os mesmos resultados, e aí parte para outra. Mesmo que acabe errando outra vez, mas não erros iguais, porque aprendeu lições e amadureceu a ponto de não tropeçar nas mesmas pedras.

Talvez, tudo que você precise seja chacoalhar tudo, bagunçar pra caramba, quebrar os ciclos que insiste em percorrer. Sim, mudar de direção, de companhias, de atitudes e vontades assusta, mas você não pode passar a vida plantando abacaxi esperando colher goiaba, você não pode passar todo o seu tempo investindo nas coisas que não dão o retorno que seu coração espera. Ou a gente muda, ou tem que se acostumar com as coisas que machucam e decepcionam. É muito pouco para nós, não acha?

Por isso, por favor, permita-se mudar. Permita-se pegar sua energia e colocar em outras coisas, em outras pessoas, em outras histórias, em outros projetos, sonhos, lugares. Permita-se novas chances de conseguir aquilo que você realmente quer, e não apenas aquilo que dão e você aceita contrariado. Permita-se errar mais, arriscar mais, fazer acontecer mais. Permita-se sacudir tudo, virar tudo de cabeça para baixo. Você merece.

> **Não se contente com o pouco que lhe oferecem, porque você é um universo de coisas lindas e profundas. Você merece mais.**

QUE VOCÊ ENCONTRE...

Que você encontre um amor para chamar de seu, que tenha reciprocidade, que abrace seus medos, acalme seu coração e o faça transbordar. Que você encontre amigos de verdade, que permanecem nas horas ruins, que lutam ao seu lado, que enfrentam todas as dificuldades e comemoram as alegrias. Que você encontre pessoas de bom coração e que elas lhe deem esperança de que o mundo ainda é um lugar bom.

Que você encontre sua paz, que descubra o que contribui para ela e o que atrapalha, e que se mantenha perto do que faz bem. Que você encontre seu ritmo, sua velocidade, a maneira mais agradável e bonita de caminhar e levar a vida, e que não se pressione nem se compare com os outros. Que você encontre sua fé, não importa em quê nem em quem, apenas que você ache motivos para acreditar, para se manter positivo e otimista, tendo sempre algo que sacuda seu peito e o faça acreditar que tudo vai ficar bem.

Que você encontre coisas pelas quais se apaixone, que façam valer a pena o tempo investido e deem a sensação de estar fazendo algo bom. Que você encontre diversão e que ela não seja destrutiva. Que você encontre prazer e saiba dar prazer também. Que você encontre reciprocidade e que toda vez que esbarrar com a lei do retorno seja para receber de volta a energia boa que colocou no mundo.

Que você se encontre e aprenda a gostar do que encontrou. Que você se encontre e sempre se faça carinho, se respeite, se ame, se encante consigo. Que você se encontre e ache o melhor caminho para se percorrer, que caia e levante sem perder a doçura, que mantenha as coisas bonitas que há aí dentro.

Que você encontre a felicidade, o amor, a simplicidade, a bondade, a luz.

NO MEIO DO CAMINHO TINHA
UMA PEDRA... E UM APRENDIZADO.

Amadureci. Não vou dizer que foi um processo rápido e fácil, não foi. Foi, na maior parte do tempo, dolorido. Amadureci e tive que endurecer um pouco. Amadureci e tive que fazer de tudo para preservar minha essência. Amadureci e tive que aprender a lidar com as cicatrizes do processo, a maioria delas internas. Amadureci e é isso que importa agora.

Doeu. Doeu e pareceu, em várias ocasiões, o fim do mundo. Talvez até tenha sido. Meu mundo teve que acabar várias vezes e se reconstruir em todas elas de uma maneira mais forte e mais sólida. Vi o fim do mundo com meus próprios olhos e posso afirmar: em todas essas tempestades, em todos esses momentos difíceis, quando meu coração teve que tirar forças sei lá de onde, descobri uma força absurda que mora em mim. E amadureci mais um tanto.

Amadureci depois de ter colocado todas as minhas energias num projeto ou numa relação, e ter me frustrado logo em seguida. Amadureci depois de ter achado que tinha encontrado amor recíproco e era o meu amor, e só. Amadureci quando tive que crescer cinco anos em cinco semanas. Amadureci quando as responsabilidades caíram no meu colo e eu precisava assumi-las. Amadureci depois de ter esbarrado em pessoas dos mais diversos tipos: boas, ruins, rasas, profundas, alegres, tristes, violentas, pacíficas, fáceis e difíceis de lidar, frias e afetuosas. Tirei lições de cada uma delas. Aprendi a ser um pouco que nem elas ou não ser como elas de jeito nenhum.

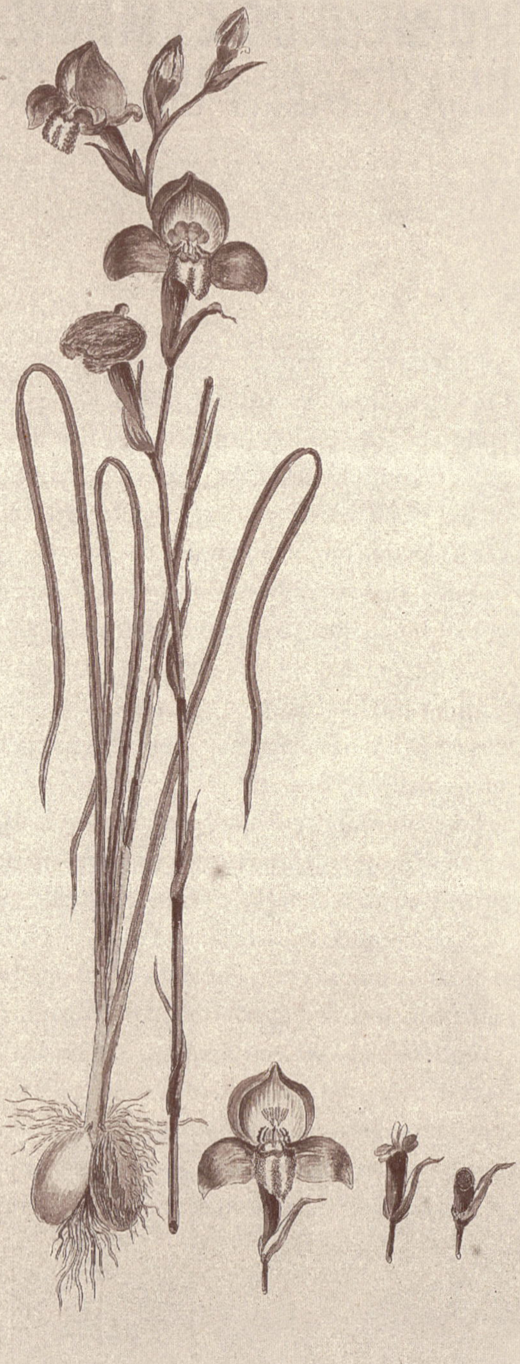

SOFREMOS E CRESCEMOS. CAÍMOS, LEVANTAMOS E CRESCEMOS. PERDEMOS O RUMO, NOS ENCONTRAMOS E CRESCEMOS.

Afinal de contas, por mais clichê que pareça, tudo é uma lição bonita e às vezes dolorosa. Tudo que acontece tem o seu porquê, e manter o coração aberto aos ensinamentos e possibilidades de crescimento, mesmo nos momentos mais difíceis e intensos, é o que nos faz crescer, melhorar, evoluir.

É preciso enxergar razão na dor, luz na escuridão, aprendizado no caos, amor-próprio no desamor, doçura no dissabor, presença de si mesmo na ausência das pessoas que queríamos ao nosso lado. É preciso entender que há sempre uma chance de aprender com tudo que acontece. Sentir, sofrer, chorar, mas olhar para as dificuldades escancaradas e saber que você vai sair daquilo ali mais forte e maduro.

DE VEZ EM QUANDO A GENTE VAI PRECISAR DESAGRADAR, VIRAR AS COISAS DE CABEÇA PARA BAIXO, FAZER TUDO AO CONTRÁRIO.

Às vezes dá vontade de fugir, né? Recomeçar tudo, em outro canto, com outras companhias. Às vezes dá vontade de jogar tudo pro alto, abrir mão de um montão de coisas, deixar de lado quase tudo que conquistou. Dá vontade de ficar sozinho, sem ruídos, aproveitar a própria companhia, ouvir o que a voz interior grita lá no fundo. Sair para contemplar a natureza e de alguma forma ter conexão com ela.

Às vezes dá vontade de ignorar todos os e-mails, não responder as mensagens, não atender as ligações. Diminuir a quantidade de jornais lidos e programas assistidos. Colocar o celular em modo avião. Deixar de lado a tecnologia, por mais importante que ela seja. Vontade de escrever uma carta, mandar um telegrama, deixar um bilhete na porta de alguém. Vontade intensa e brusca de se sentir em 1986.

Às vezes dá vontade de fazer um protesto, pichar um muro, chutar uns baldes. Desatar os nós, perder os padrões e as opiniões formadas sobre tudo. Deixar o cabelo crescer, fazer mais tatuagens, cortar o cabelo depois de ter deixado ele crescer. Vontade de dar o coração para alguém como se nunca tivesse sido machucado antes, confiar de novo cegamente numa ideia ou numa pessoa, resgatar alguma espécie de ingenuidade.

Às vezes dá vontade de ser você mesmo,
de não fazer sentido e de ser meio louco. Seja.

VOCÊ NÃO TEM CULPA SE ELE NÃO O AMOU E ELE NÃO TEM CULPA POR NÃO TÊ-LO AMADO.

Não é culpa sua o amor não ter nascido no coração do outro. Não é culpa sua o outro não ter podido dar aquilo que quem ama deve dar. Não é culpa sua a reciprocidade não ter aparecido. Não é culpa sua ter dado muito e recebido pouco. Não é culpa sua não ser de um jeito que despertaria no outro a vontade de permanecer ao seu lado. Não é culpa sua ter nutrido alguma esperança de que em algum momento da história haveria uma reviravolta.

As coisas são assim e quase sempre não há o que fazer. Você conhece alguém, se encanta, começa a nutrir sentimentos, se envolve, o amor nasce. É um roteiro bonito e que traz esperança, expectativas, planos. Tudo vai bem até você perceber que o coração do outro não seguiu o mesmo ritmo que o seu. Enquanto um turbilhão de sentimentos acontece em seu peito, do outro lado existem coisas bonitas, mas nada que se compare ao que se passa aí dentro.

A verdade é que ninguém tem culpa. Ninguém tem culpa do que sente, do que quer, do que acha que precisa. Ninguém tem culpa por sentir demais ou sentir pouco, ninguém tem culpa por querer muito ou por não querer nada. As pessoas só têm culpa de uma coisa: não serem honestas sobre os sentimentos que possuem. O único erro é iludir, fingir que sente, despertar expectativas que não pode ou não quer cumprir. Errado é quem joga com o coração alheio. Quem não foi recíproco ao que sentimos não é errado nem culpado.

O outro não tem culpa se não consegue corresponder ao que você sente. O outro não tem culpa se não pode dar o que você espera receber. O outro não tem culpa por sentir pouco, demonstrar pouco, ter pouco para oferecer. O outro não tem culpa se o sentimento que você plantou nele não floresceu. O outro não manda no coração. Ninguém manda.

**No fim das contas, não há culpados.
Perdoe e se perdoe.**

ÀS VEZES A GENTE SÓ PRECISA VOLTAR A SE PERMITIR.

Você, que se sente estagnado e sem muito tesão pela vida, abra as cortinas e deixe o sol entrar. Abra as janelas e respire. Se estiver chovendo, seja corajoso: dance na chuva. Permita-se sentir prazer em qualquer coisa. Afaste os móveis da sala e dance, pule imaginando um lugar lotado, e dê seu show. Cante e dance uma música alegre, qualquer canção que fale sobre como a vida é boa. Porque ela é.

Mude a decoração do quarto. Compre mais flores. Pendure na parede um quadro com cores vibrantes. Adote um cachorro ou um gato. Adote um cachorro e um gato. Tenha plantinhas, converse com elas. Permita-se parecer meio louco e meio sem sentido. Viva mais sem se preocupar com as opiniões alheias. Saia mais de casa. Sente num parque qualquer e tente não pensar em nada, ou pense, pense naquele momento bom, aquele momento com sabor de infância e saudade. Você ainda pode e vai viver momentos assim.

Viaje. Ligue para um amigo e faça planos loucos. Tome um porre daqueles que o fazem prometer nunca mais beber. Quebre as paredes que você resolveu construir em torno de si, desconstrua-se. Erre e se desconstrua. Permita-se fazer bobagens. Conheça gente nova, cometa erros novos, beije erros com ar de novidade. Passe um pouco mais de vergonha. Beire o ridículo. Surpreenda-se com você.

PARA TODOS OS QUE SENTEM QUE VIVEM UMA VIDA NOTA SEIS. ABRAM AS CORTINAS, A VIDA LÁ FORA PROMETE NOVAS SENSAÇÕES.

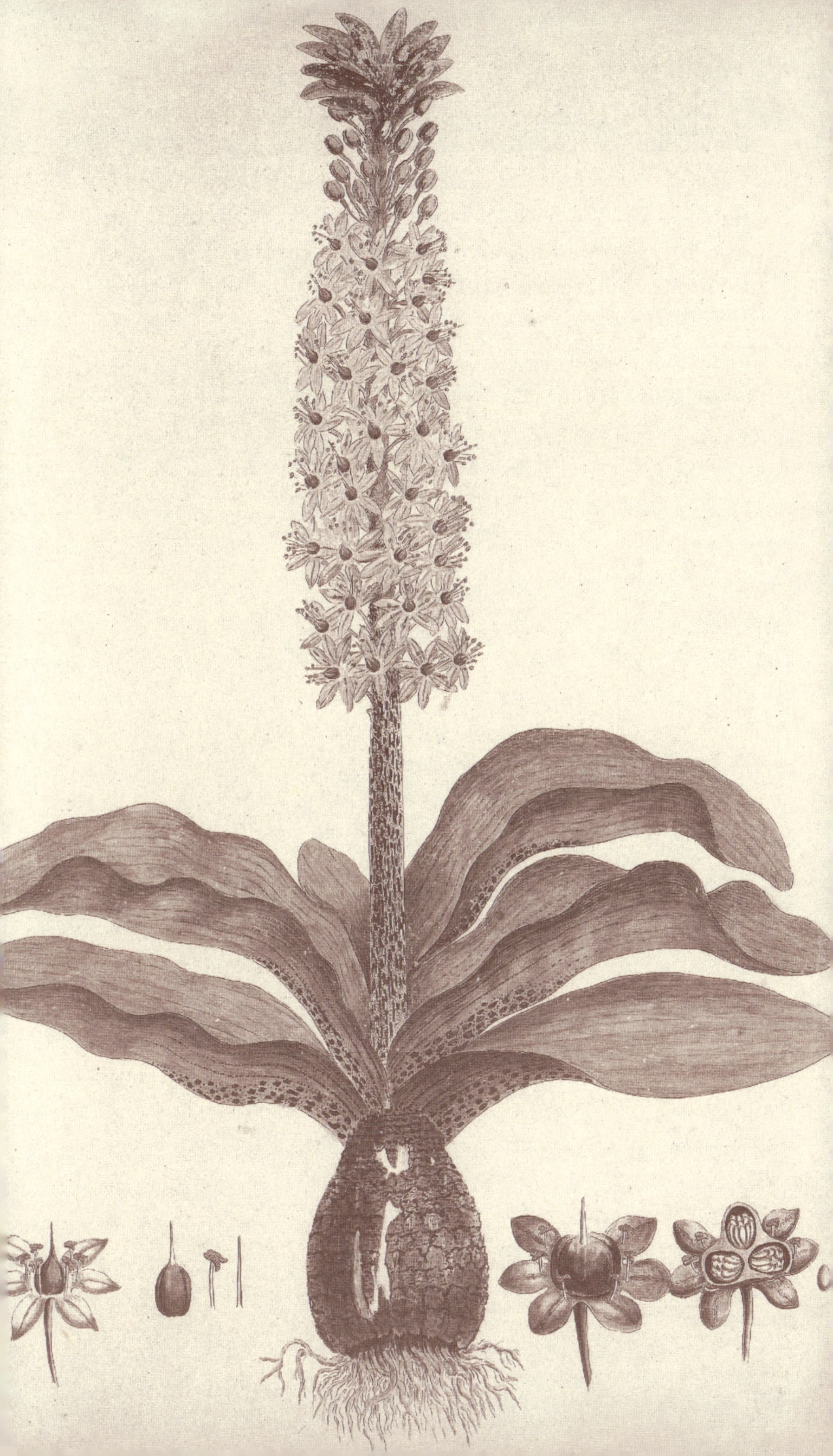

Chacoalhe sua vida. Faça qualquer coisa que o possibilite sair do cotidiano, nem que seja para entrar num pouco de caos. Abra as cortinas, por favor, abra as cortinas. Lembre que existe um mundo lá fora. Lembre que a vida continuou. Resgate qualquer pedacinho seu que ainda acredita que merece ser feliz pra caramba. Porque você merece. Você merece, sim!

TEM GENTE QUE CHEGA E LUTA PARA PERMANECER. ISSO É TÃO RARO. ISSO É TÃO LINDO.

É lindo quando alguém se esforça para se manter em nossa vida. Não que permanecer ao nosso lado demande desgaste, mas é bonito perceber que o outro se importa em ocupar um lugar ao nosso lado, que valoriza o fato de termos deixado um espaço para eles em nosso coração. Em tempos nos quais as pessoas desistem facilmente, em tempos em que qualquer pequeno defeito e falha fazem as pessoas se afastarem, em tempos de relações frágeis e superficiais, gente que luta, respeita e sabe ceder é artigo raro.

Há muita beleza em quem tenta nos entender, quem respeita nosso jeito, nosso tempo. É bonito ver alguém sendo abraço e não sendo julgamento. Acredito muito no poder da energia, e perceber energias boas me cercando me dá alívio. Pessoas que incentivam, que estimulam, que trazem carinho, afeto e gentileza são oásis no meio de tantas relações secas, frias e rasas. O superficial tá na moda.

Acho que é essa necessidade de querer coisas praticamente extintas que me faz perder um pouco o interesse em trazer gente nova para a minha vida. O filtro e o padrão de exigência subiram muito. Não que o que eu espero de alguém seja algo gigantesco. É o básico, sabe? Mas o que deveria ser simples tem se tornado algo extremamente difícil de ser visto em prática. O que deveria ser a regra tem virado exceção. A frieza e o desinteresse mandam nas relações atuais. Qualquer coisa que foge disso é uma pequena dádiva.

Por isso, tenho feito de tudo para transformar a minha vida em um local convidativo e agradável para quem chega. Aqui não há julgamento, não há dedos apontados, não há grosseria, violência, negatividade. Tenho meus defeitos e os assumo, mas luto todos os dias para que eles fiquem menores e gerem menos repulsa em quem tenta entrar aqui. Tento ser casa de sentimentos bons, às vezes falho, mas tento. Minha vida, na maior parte do tempo, é um lugar de paz para quem está nela, e é tão bom saber que tem gente que luta pra contribuir com isso.

Sorte a minha, no meio de tanta gente que não se importa, ter encontrado pequenos grandes seres que fazem da minha existência algo leve e feliz.

CONFIO NAQUELE DITADO ANTIGO: HÁ MALES QUE VÊM PARA O BEM.

Quando falo de romances que vivi, mesmo os mais frustrados, sinto paz. Dentro de mim há a plena certeza de que fiz o que estava ao meu alcance, fiz tudo que meus sentimentos permitiram, dei o melhor que tinha. Sei que, infelizmente, algumas vezes isso tudo não foi suficiente, mas sei também que esse tipo de coisa não deve me trazer nenhuma espécie de culpa: não vivo para corresponder ao estereótipo que alguém quer de mim.

Olhando para trás, sinto que talvez as coisas pudessem ter se desenrolado de maneiras diferentes. Vejo de forma cristalina os meus equívocos e os equívocos do outro, mas descobri o aprendizado que mora em cada erro. Os erros machucaram, a mim e às pessoas que se envolveram comigo, mas ensinaram bastante. É preciso uma boa dose de maturidade para perceber isso. Maturidade também se adquire errando. É por essa conclusão que digo: eu não mudaria nada.

Não mudaria o que aconteceu, por mais doloroso que tenha sido. Mesmo depois dos dias cinza, mesmo depois das sensações terríveis, mesmo depois do medo, das lágrimas, do desespero: eu não mudaria nada. Sou o resultado disso tudo. Sou a soma de todos os amores que deram e não deram certo, dos projetos que fluíram e dos que fracassaram, das lágrimas e sorrisos, das conquistas e aparentes derrotas. No fundo, eu nunca perdi nada. Nada. Em cada pedaço de desespero, ganhei esperança, em cada vez que achei que era recíproco e não era, ganhei amor-próprio, em cada momento que parecia o fim do mundo, encontrei lindos recomeços. Sempre ganhei alguma coisa.

Parece um discurso otimista demais, e é. Tem me feito bem, tem me feito bem jogar fora toda e qualquer espécie de culpa, arrependimento, "e se...". Tem me feito bem olhar as coisas com gratidão. Perdoo, me perdoo, agradeço e sigo em frente.

Para todos que me fizeram mal: vocês me fizeram bem.

SE FOR RECÍPROCO...

Se for recíproco, vai ser lindo. Se for recíproco, vai ter tudo para durar. Se for recíproco, vai ter apoio, incentivo, impulso. Se for recíproco, vai fazer sorrir, enxugar as lágrimas, ensinar. Se for recíproco, vai ter superação. Se for recíproco, ah, no recíproco tudo se ajeita.

Se for recíproco, vai ser leve. Se for recíproco, as dificuldades vão ser menores. Se for recíproco, vai ter risada no meio da rotina. Se for recíproco, vai ter lembrança boa. Se for recíproco, vai ter união. Se for recíproco, vai dar a sensação de ser invencível.

Se for recíproco, vai ser raridade. Se for preciso, vai ter que ser bem cuidado. Se for recíproco, vai ser abençoado. Se for recíproco, vai prosperar. Se for recíproco, vai dar esperança. Se for recíproco, vai ter tudo para tocar estrelas, sacudir o planeta e conquistar o mundo.

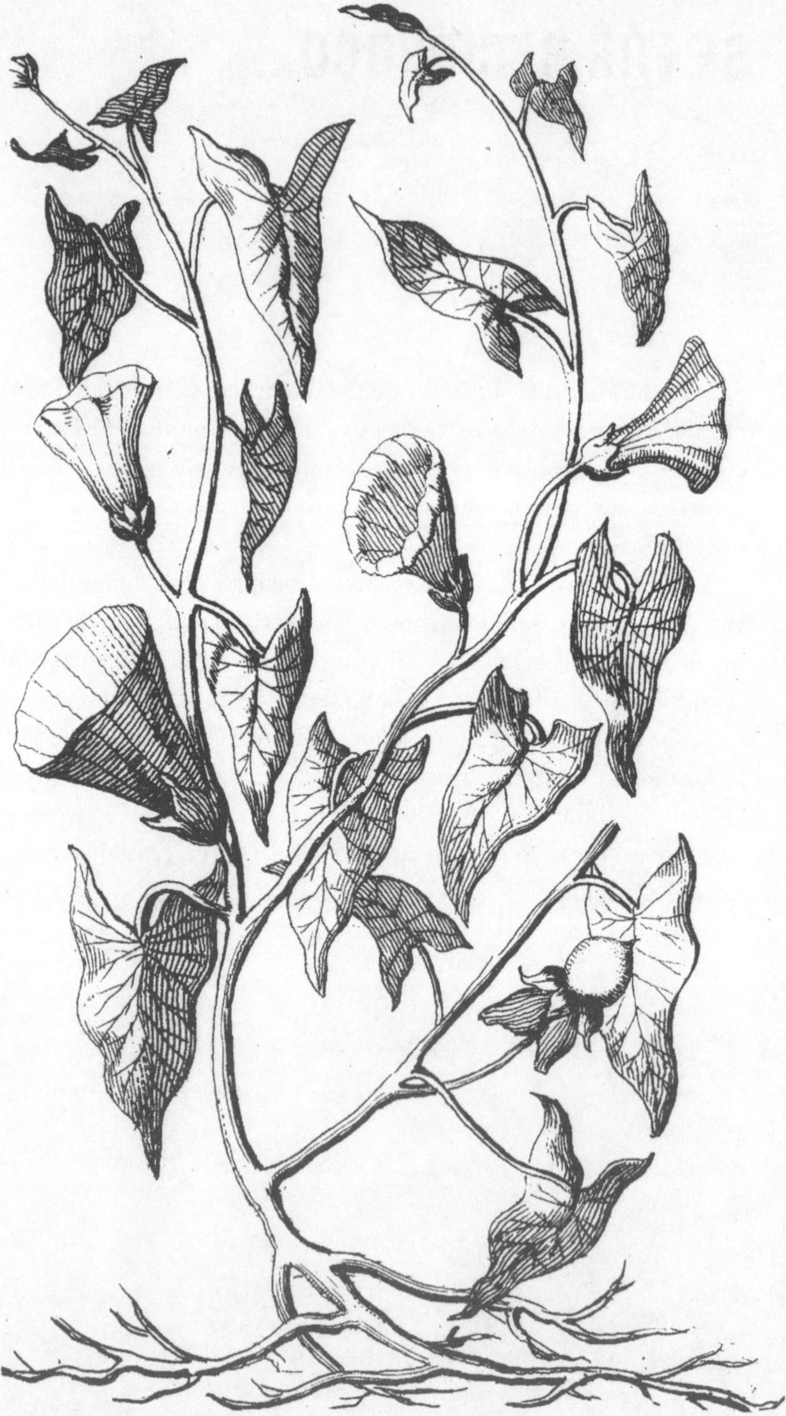

SE FOR RECÍPROCO, VAI SER A MELHOR COISA QUE ACONTECEU A VOCÊ.

ÀS VEZES, SENTIR DEMAIS NÃO É MAIS O BASTANTE.

Se me perguntarem se ainda sinto, não vou mentir: sinto. Sinto muito. Sinto de uma maneira que está impregnada em meu ser. Está nas minhas células, nas partes mais profundas do meu coração. Sinto e isso já faz parte de mim, já faz parte da rotina, das paredes da sala, das memórias que permeiam todos os cômodos da casa. Acostumei.

Mas chega o momento da vida em que sentir não basta, não compensa, não é suficiente. Sentir não se torna motivo bastante para continuar naquele lugar, com aquela companhia, com aquele modelo de relação. Sentimentos não acabam do dia para a noite, feliz ou infelizmente. Eles ficam, sabe? Ficam ali, vivos ou em *stand by*, pulsantes ou adormecidos, mas ficam, e isso é o bastante para bagunçar tudo de vez em quando.

Talvez, com o tempo, a bagunça se torne mais fácil de ser arrumada, incomode menos, atrapalhe de maneira mais suave e, por sorte, menos dolorida. Espero que um dia eu olhe para tudo que sinto e apenas agradeça, que eu olhe para todas as coisas sentidas e vividas e tenha a sensação de que tá tudo bem, de que foi melhor assim, de que não há nada que mexer naquilo. Encarar como ponto-final e não como reticências ou ponto de continuação. Deve dar alívio. Acredito que haja muita paz nessa sensação.

Por enquanto, o que há de mais concreto em tudo que posso dizer é que ainda sinto, mas que isso já não me faz ficar aqui. Olho ao meu redor, recordo os momentos vividos, os comparo com o presente e percebo que muita coisa mudou. Não somos mais aquele casal jovem e decidido a fazer o outro feliz. Não quero entrar nos motivos, nas razões, nos porquês, não quero apontar culpados e dizer que eu errei menos e que o outro errou mais. Não, não, não. Isso é até irrelevante agora. Não me interessam as soluções, porque, depois da milésima tentativa, tentar também não é mais uma opção. Eu apenas preciso ir. Agradecer, mas ir. Arrumar as coisas e ir.

Obrigado por tudo.

SEU CORAÇÃO PARTIDO, POR MAIS QUE MACHUQUE E SEJA DIFÍCIL LIDAR COM ELE, VAI ENSINÁ-LO MUITO.

Pouca coisa ensina tanto quanto um coração partido. Joelhos ralados ensinam a andar de bicicleta e que é preciso levantar depois das quedas, e que vamos cair de novo, e que tá tudo bem. Corações partidos ensinam e não há como aprender muito por experiência alheia, tem que ser o nosso, nós precisamos ver os cacos no chão, sentir o peito apertando. Precisamos sentir cada centímetro da dor, cada pedacinho, feliz e infelizmente.

Corações partidos ensinam que nem todo mundo vai conseguir corresponder às nossas expectativas. Ensinam que nem sempre amar é suficiente. Mostram que amar sozinho não é saudável, que existe um limite para tentar, que às vezes ir embora é o único caminho possível.

Corações partidos nunca mais retornam a ser o que eram antes e isso não é tão ruim quanto parece. Sim, talvez a gente perca a ingenuidade, se torne menos destemido, menos corajoso. Sim, talvez a gente passe a pensar dez vezes antes de mergulhar de novo em algo e confiar novamente. Sim, talvez a gente fique mais receoso mesmo. Coração partido traz maturidade e cautela. Traz prudência.

O processo de entrega fica mais lento mesmo. Algumas marcas e cicatrizes vão fazer isso constantemente, como se fosse um alerta, um alarme avisando que existem riscos de partir o coração novamente. Mas o tempo age também. O tempo vai trazendo mais tranquilidade, as experiências vão dando maturidade para saber se portar ao se esbarrar com uma nova possibilidade bonita de ser amor. Porque vamos amar de novo.

Outra lição importante dos corações partidos: eles se consertam e, por teimosia ou por um ímpeto natural, se permitem amar de novo, ou melhor, amam de novo, porque não dá para impedir que o amor nasça. Ele nasce novamente... e pronto.

Corações partidos se consertam e voltam a fazer o que fazem de melhor: amar.

SINTO MUITO, SOFRO BASTANTE, SORRIO DEZ VEZES MAIS.
NÃO HÁ FREIOS PARA MINHA INTENSIDADE...
AINDA BEM.

Hoje eu me permiti chorar e isso foi a melhor coisa que eu poderia ter feito. Cansa tentar ser forte o tempo inteiro. Cansa engolir tanta coisa: palavras não ditas, gritos não colocados pra fora, sentimentos mal resolvidos. Cansa fingir que está tudo bem. No geral, até está tudo bem, tenho motivos demais para ser grato, mas existem alguns desajustes que me machucam e tá tudo bem eu chorar por eles. Não vou dormir mais nenhuma noite me enganando, me reprimindo, me forçando a não lidar com dores e lágrimas que precisam escorrer pelo rosto.

Não quero acumular mais. Não quero mais depositar toda a bagunça em algum compartimento do coração e me enganar dizendo que estou seguindo em frente e, pior, seguindo em frente cheio de leveza. Os problemas voltam e hoje sei o que é ser atropelado por uma avalanche de sentimentos e situações mal superadas. Chega de tentar ser de ferro. Eu não sou de ferro. Nunca fui. Ninguém é. Ainda bem.

Permito que as lágrimas caiam, dancem no meu rosto. Permito que as pessoas notem que eu chorei. Sim, eu chorei. Sim, tenho momentos de fraqueza. Sim, estou vivo. Vivíssimo. Superando todas as coisas que precisam ser superadas, ok? Lidando com toda a bagunça com que preciso lidar. Não fujo. Não fujo mais. Já não me incomoda ouvir ou perceber olhares de reprovação, não me incomoda que o mundo me veja como fraco só porque eu caio, sofro e choro. Vestir carapuças e armaduras não me interessa agora. Deixo arder, deixo doer, deixo sentir.

**Hoje eu chorei e foi bom.
Hoje eu chorei e senti que
de alguma forma
as lágrimas estavam regando
os sorrisos que virão.**

NÃO DÁ PARA MANDAR NO CORAÇÃO.
SENTIMENTO FORÇADO NÃO FLORESCE.

Às vezes aparece alguém que preenche toda a nossa listinha mental. É, aquela listinha, que todo mundo tem, na qual indicamos o que esperamos de alguém, as qualidades, os defeitos toleráveis, algumas características. Claro que algumas pessoas são mais exigentes e outras são mais flexíveis, mas todo mundo tem um modelo preestabelecido.

Tem gente que vai chegar preenchendo tudo, gerando esperança no coração ou, pelo menos, possibilidades reais de futuro. Naturalmente, deixamos a porta aberta para essa chance bonita de ser feliz. Permitimos que entrem, que conheçam, que se mostrem, que mergulhem, e elas mergulham mesmo, porque, de alguma forma, nós também preenchemos a listinha mental do outro. Com ressalvas ou não, o encantamento é mútuo. E isso já é tão bom.

Só que ninguém manda no coração. Ninguém pode garantir que, apesar do outro ser tudo aquilo que esperávamos, o amor vai nascer. Amor não nasce forçado. Amor não nasce por quem esperamos. O amor não nos pergunta nada, o amor nasce quando quer, quando pode, quando consegue. Não tem como prever, não tem como evitar, não tem como fugir. Uns vão dizer que amor é construção, que vamos aprendendo a amar, que a convivência vai regando as sementes e ele floresce. Talvez. Mas o ponto ao qual quero chegar é outro, menos profundo e polêmico, quero apenas que você saiba que você não tem culpa por não conseguir amar a pessoa que você gostaria de amar. Você não manda no seu coração. Você pode tentar, lutar para fazer o bem pro outro, ser o melhor que pode para não machucar quem você gosta, e isso já é uma tarefa bonita e nobre.

Não se culpe, não se martirize, não se pressione. O amor é amigo da espontaneidade e da leveza. A gente rega as sementes, tenta ser sol e chuva, terreno fértil, mas não há garantias de colheita. Se bem cuidadas, florescem sentimentos bons, talvez não amor, mas sentimentos e sensações bonitas, e isso já é algo incrível.

Ninguém sabe como o amor acontece, mas só o fato de você estar tentando fazer o bem por alguém, é suficiente para viver uma história legal.

ME JOGO NAS OPORTUNIDADES DE SER FELIZ E, DE VEZ EM QUANDO, ME MACHUCO.

Mais uma dor. Ainda estou tentando superá-la. Não sei ao certo se algo em mim vai sacudir ou mudar de cor avisando que ela foi embora. Talvez o sintoma óbvio seja que pare de doer. Mas não há garantias de que ela não vai voltar. Talvez doa para sempre e eu fique tão forte durante a vida, que não vou me incomodar com eventuais desajustes e machucados remanescentes. O que eu sei agora é que estou superando, e isso tem sido o suficiente.

Estou descobrindo uma energia absurda que morava em mim e eu não sabia. Sou mais resistente do que pensava. Nas primeiras quedas, achava que tudo era tempestade, hoje, sei o que é apenas chuva leve e passageira, o que é vendaval, o que vai doer muito, o que só vai arranhar. A maturidade traz um pouco mais de serenidade para lidar com os percalços. Depois de algumas experiências, não é todo tropeço que nos faz parar.

Repito com mais frequência "vai ficar tudo bem", acho que isso atrai alguma energia boa, sei lá. O que sei é que as coisas têm ficado "tudo bem"; às vezes demoram, mas ficam. Isso alimenta meu otimismo. Logo eu que gostava de ser pessimista para poder me surpreender, logo eu que não esperava nada porque o que viesse seria lucro. Tô virando otimista, sim, senhor.

Entendo, finalmente, que não há prazo para que eu diga que estou 100%. Não me cobro isso. Ouço alguma sabedoria adquirida no caminho e a coloco em prática: cada dor tem seu tempo de cicatrização. A cicatriz talvez fique visível, mas é preciso olhá-la com olhos mais generosos, é uma marca feia que fica na alma, mas um lembrete bonito de que ali há superação. Nossas cicatrizes são troféus, prêmios da batalha que é viver, arriscar, tentar ser feliz.

OS MACHUCADOS SÃO REFLEXOS DAS TENTATIVAS DE SER FELIZ; NÃO ME ARREPENDO DE NADA.

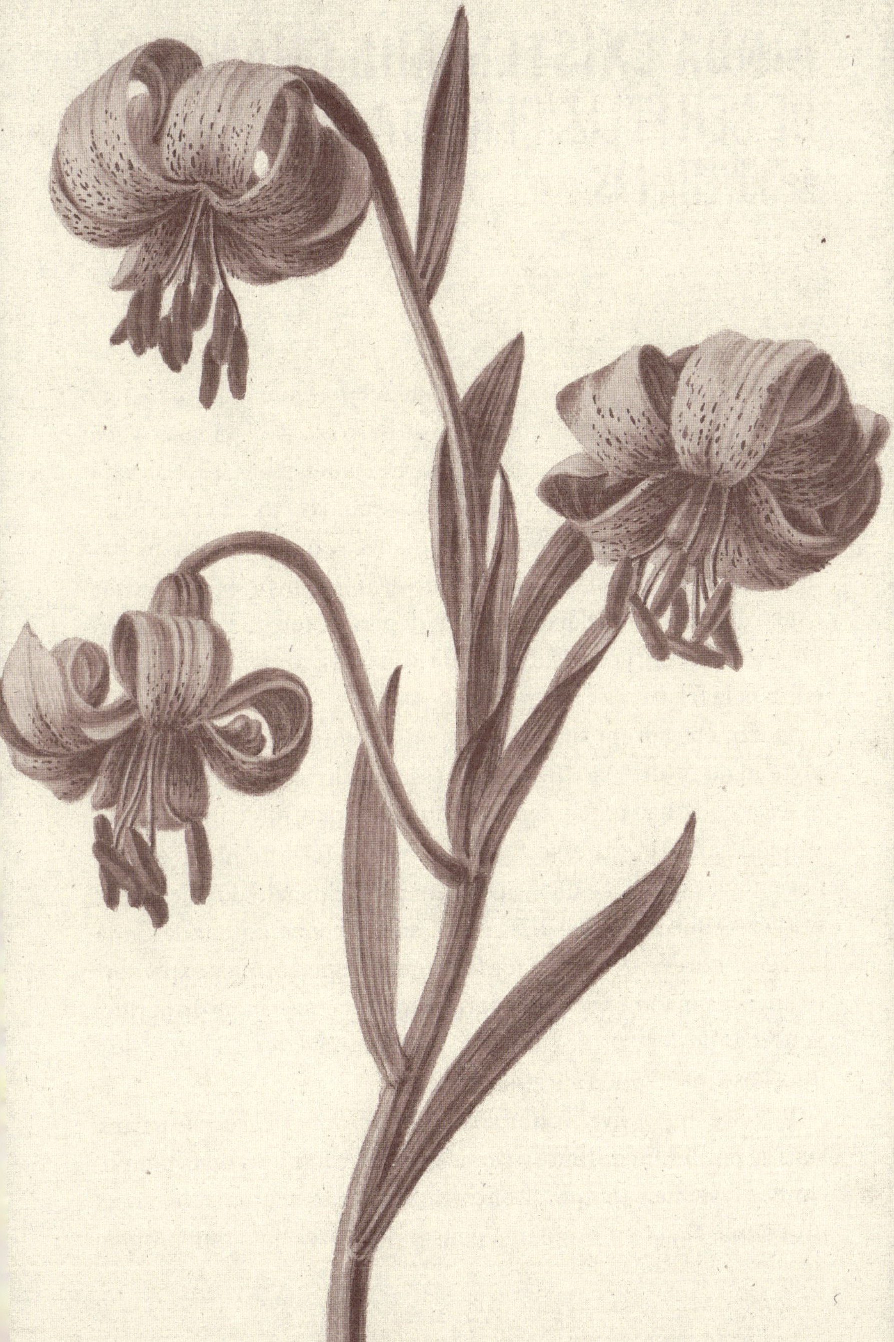

AINDA EXISTEM MIL CHANCES DE SER FELIZ. PERMITA-SE APROVEITÁ-LAS.

Fechar o coração por um tempo. Não há problema nisso. Não há nada de errado em criar um pouco de barreiras e distâncias. Você tem seu tempo para ir abrindo as portas, janelas, grades. Não é do dia para a noite, não tem mágica, é no tempo certo, e tá tudo bem. Mas olha, sério, por favor, não permaneça com o coração fechado. Sim, eu sei que não é fácil se entregar de novo, sei que fechar o guarda-chuva e se deixar molhar, depois de ter sido tão inundado, dá medo, porém, lhe digo sem risco de errar: ainda tem tanta coisa pela frente.

Quem chegar em sua vida não vai ter culpa do que passou. O alguém do futuro não lhe causou essas cicatrizes, não lhe deixou esses medos, não partiu seu coração. Claro que, infelizmente, não dá para garantir que esse alguém não o vai ferir, também não dá para cravar que você não vai sair mais machucado do que a última vez. O que posso lhe dizer é que, sem dúvidas, apesar de ainda carregar dores, você está mais forte, mais esperto, mais experiente, mais calejado e vacinado para reconhecer os sinais de perigo. Seus dias de destruição e reconstrução foram essenciais para que uma base mais sólida surgisse. Surgiu.

É quase impossível voltar ao que se era antes. Algumas partes suas se perderam durante o processo. Acreditar leva mais tempo, confiar leva mais tempo, se entregar leva mais tempo. E não tem problema. Não tem problema pensar dez vezes, não tem problema questionar mais, refletir mais, demorar mais para dar os passos que antes você dava com facilidade e leveza. Sofrer causa marcas permanentes, ou, pelo menos, duradouras. Você vai aprender a lidar com elas. Todo mundo tem algumas e não há nenhum dano irreversível no seu ser.

Fechar o coração parece momentaneamente ser uma boa escolha, mas em longo prazo é tão, tão, tão ruim. O mundo continua girando e a vida continua acontecendo. Lá fora, há infinitas chances de ser feliz e bilhões de pessoas diferentes, e todas elas já são motivos bons para continuar tentando, arriscando, se permitindo. Não se permitir viver as novas possibilidades que a vida oferece é um desperdício.

Você consegue ser feliz de novo, sim. Só é preciso desabrochar. Tenha certeza de que você vai se orgulhar de ter tentado mais uma vez.

DEIXAR ALGUMAS PESSOAS E ENERGIAS PARA TRÁS, ÀS VEZES, É O MELHOR JEITO DE SEGUIR EM FRENTE.

Tive que deixar muita gente para trás. Tive que filtrar quem vai e quem fica. Não digo que foi fácil, não foi. É preciso coragem para se despedir das coisas que fizeram bem, mas que hoje fazem mal. Coragem para dizer "obrigado por tudo, mas adeus". Coragem para bloquear alguns contatos, excluir alguns amigos nas redes sociais, ignorar algumas mensagens. Coragem para escolher o caminho mais leve e menos pavimentado de companhias.

A verdade, dolorida, é que quanto mais velhos ficamos, menos amigos temos. Quanto mais o tempo passa, menos companhias temos para ver a vida passar. Depois de um tempo, por mais demorado que isso seja, sempre fica nítido quem teve começo, meio e fim em nossa história e quem só teve começo e durante. Poucas pessoas permanecem conectadas, a maioria se torna apenas alguém que curte suas fotos e manda mensagem clichê de aniversário. Muita gente fica para trás, e pronto.

A vida faz isso naturalmente, mas vão surgir momentos em que nós mesmos temos que fazer esse filtro. Observar bem quem merece um lugar em nossa vida, quem só faz figuração, quem suga nossa energia, quem agrega, quem perdeu e quem ainda faz sentido. E tá tudo bem se despedir. Tá tudo bem seguir em frente e caminhar em outra direção. Tá tudo bem ser grato mas não permanecer para sempre atrelado a alguém.

Hoje, tenho mais tempo para abraçar as pessoas que fazem sentido em minha vida. Tudo ficou mais leve, mais suave, mais "de boa". Esquivei-me de todas as energias e presenças que não me aproximavam da felicidade e da paz. Tenho menos amigos, tenho menos contatos, tenho menos curtidas nas fotos e menos mensagens clichês de aniversário, e me sinto ótimo assim.

Menos, às vezes, é mais.

NÃO TENHO MAIS PACIÊNCIA E DISPOSIÇÃO PARA O RASO E DESINTERESSADO.

Se eu sentir, vou demonstrar. Simples assim. Não há mais tempo nem disposição para ficar freando minha intensidade e indo dormir na vontade. Vou atrás do que quero, busco o que acredito que vá me fazer bem e recuo quando percebo que não é recíproco. Não tem por que dificultar. De complicado já bastam o clima de agosto, os boletos, o preço do dólar, o aquecimento global, o trânsito das 18h. De complicado já bastam as dificuldades que todas as relações têm e todas as pedras no caminho que toda estrada possui. Viver já é um negocinho bem complicado, então simplifico o que posso.

Deu vontade de falar? Ligo. Quero ver? Marco de encontrar. Achei bonito? Elogio. Quero abraçar? Abro os braços. Tá me machucando? Reclamo. Continua doendo? Me afasto. Incomoda? Peço para mudar. Não mudou? Me despeço. Tento sempre fazer de tudo para que as coisas fiquem claras. Não sofro calado, não durmo com nenhum elogio ou demonstração entalados na garganta, ninguém vai embora da minha vida sem saber exatamente o que sinto.

Não vou perder ninguém por falta de entrega nem por falta de esforço. Faço minha parte e coloco minha cabeça no travesseiro sabendo que fiz tudo que poderia ser feito. Procuro, ligo, cedo meu ombro, meu colo, meu abraço. Dou espaço quando é preciso. Incentivo, impulsiono, coloco energia boa. Todas as partes do meu ser estão dispostas e interessadas em quem quer compartilhar a vida ao meu lado, fazer bem e permanecer enquanto for saudável e recíproco.

Sou averso à geração desinteresse, ao que escolhe ser morno, raso, frio. Não há nada que me obrigue a seguir regrinhas bobas. Comigo é textão, honestidade, clareza nas ideias. Comigo é intensidade, porque já fui pro raso e quebrei demais a cara ao mergulhar.

**Só o de verdade me interessa.
Só o maduro me atrai.
Só o profundo me transborda.**

UM DOS MELHORES
JEITOS DE DEMONSTRAR AMOR
É MOSTRAR QUE SE IMPORTA.

Não precisa de muito para mostrar que se importa. Em tempos de desinteresse e frieza, um pequeno detalhe já diz tanto. Uma mensagem de bom dia, uma preocupação boba, um lembrete, um abraço. Tudo que parece pouco, no fundo, é enorme. "Como você está?", "Dormiu bem?", "Comeu direito?". Preocupar-se e tentar cuidar são formas tão bonitas de mostrar que ama, que gosta, que quer bem.

Lá fora, há desertos morando no peito das pessoas. Está todo mundo apressado, distante, focado no próprio umbigo e nos próprios problemas. A maioria se esconde atrás da falta de tempo, da rotina ocupada, dos afazeres. A verdade é que quase todo mundo liga o piloto automático e se esquece de enxergar as outras pessoas em seu entorno. Realidade fria.

Esse contexto se torna mais bonito ainda quando alguém para tudo o que está fazendo e resolve demonstrar preocupação, ceder o ombro e o colo, dar atenção. Não custa nada, mas vale muito. Trazer à tona o lado mais doce, gentil e cheio de compaixão que temos vale muito. E até desacostumamos a receber carinho gratuito, atenção espontânea, preocupação genuína. Nosso radar acusa logo: tem segundas intenções aí. Às vezes tem mesmo, mas ainda existem aqueles que decidem ser quentinhos, aconchegantes, verdadeiros e donos de demonstrações gratuitas. Um brinde a eles.

Não custa nada quebrar o gelo que mora nas relações. É só ter um pouquinho mais de vontade, de interesse, de disposição. Diminuir as *selfies* e aumentar as mensagens sinceras de "Como você está?", parar de *stalkear* pessoas sem importância e usar esse tempo para ligar para quem realmente importa, deixar de ter tantos contatinhos e se conectar realmente com alguém, sair um pouco das redes sociais e encontrar o outro ao vivo, se olhar nos olhos... se tocar.

É preciso parar de achar que o desinteresse é *cool* e a frieza chegou para ficar. É preciso exercitar o calor, a demonstração, os pequenos gestos de gentileza. Resgatar, todos os dias, um pouquinho dos dias ensolarados que moram em nosso coração. O mundo precisa de calor humano, de gente que se importa de verdade, que pega cinco minutinhos e muda o dia de alguém, gente que contagia o outro com afeto e esperança de que ainda existam bons corações.

Porque eu sei que ainda existem bons corações por aí. Ainda bem.

TODAS AS CONEXÕES ENSINAM.

Aaaah, as conexões. Tem aquela que chega de mansinho, vai criando laço, devagarinho, no ritmo dela, com calmaria de brisa de fim de tarde, faz sua morada na vida. Tem a que chega feito furacão, bagunça tudo, arrepia a nuca, coloca pimenta nos lábios, calor no coração, vem para sacudir e abalar as estruturas da vida. Tem a que dura uma vida inteira. Tem a que chega no verão e vai embora na quarta-feira de cinzas.

Todo encontro ensina. Todo mundo deixa um pouco em nós e nós deixamos um pouco no outro. Uma lembrança bonita, um aprendizado importante, uma cicatriz que funciona como lembrete, um laço que fica para sempre. Até os encontros que machucam são necessários. É aquele bom e velho clichê do "tudo é bênção ou lição". Quem o machucou, ensinou. Quem lhe fez bem, ensinou. Quem passou feito cometa, ensinou. Quem permanece, continua ensinando algo. Tudo tem hora, por que, é semente de aprendizado. Refresque sua memória, recapitule e perceba: todas as conexões e os encontros contribuíram para que você seja o que é hoje.

Às vezes, o que fica é perceptível a olho nu, noutras tantas é preciso olhar com mais carinho e atenção. Sempre fica algo, sabe? Sempre. Um livro na estante, uma mania, o jeito de colocar a roupa no varal, a opção por adoçante e não açúcar, o gosto pelo sertanejo, o ato de pensar dez vezes antes de confiar de novo, a capacidade de pisar no freio e acalmar as expectativas, o pavor de relações superficiais. Algumas manchas não vão mais desaparecer, estão impregnadas no que somos e na forma como enxergamos o mundo e agimos. Todo mundo leva e deixa tatuagens na alma de quem toca.

Poucas conexões estarão sempre fortes, muitas vão se perder com o tempo. A vida talvez até permita reencontros e reconexões. O importante é saber que nada é em vão. Ninguém é em vão. Por mais dolorido que tenha sido, por mais superficial que tenha sido, por mais breve que tenha sido. Foi porque tinha que ser.

Agradeça, perdoe e não se culpe.

AS TEMPESTADES VÃO E VÊM, E OS DIAS DE SOL SEMPRE VOLTAM.

Vejo as tempestades chegando, e faço de tudo para ficar bem. Algumas coisas vão sair do lugar, a vida vai bagunçar um pouco, porém, às vezes é preciso do caos para reconstruir de um jeito melhor. As coisas vão desandar um pouco, os dias de chuva vão acontecer, a visão ficará comprometida pela escuridão, vai ser difícil ver luzes no fim de túnel. Veremos.

"É só uma fase", repito sempre. Porque essas não foram as únicas tempestades que enfrentei; experiência e maturidade dão serenidade para entender que nem aquelas foram nem as de agora serão as últimas. Tempestades vêm e vão. Viver tem dessas coisas. Acostuma.

Levo minha fé como proteção, ela é tão fundamental quanto casaco e guarda-chuva. Preencho-me, quase sempre, com um otimismo insuportável: estou sempre acreditando que vai ficar tudo bem. Aprendi, depois de alguns tropeços, que ficar tudo bem não significa que as coisas vão ficar perfeitas e 100% satisfatórias. Fica tudo bem quando a gente cresce, aprende, evolui, amadurece. Fica tudo bem quando a gente fica mais forte e resistente aos dias em que as coisas não estão tudo bem.

Na vida, passamos por invernos, isso é inevitável, mas é justamente neles que aprendemos as coisas necessárias para florir na primavera. São as lágrimas que regam os recomeços, o amadurecimento, o crescimento. Os dias ruins nos fortalecem. Os tropeços nos ensinam a voar. As decepções nos mostram que nem tudo vai ser como queremos. As tempestades ensinam mais do que os dias de sol. É fato.

Por isso, mesmo sem saber o que você está passando agora, mesmo sem fazer ideia do que lhe dizer para solucionar suas dores, mesmo sem poder abraçar você e lhe oferecer água com açúcar, digo: essa tempestade vai passar. Vai chover, vai derrubar algumas coisas que pareciam sólidas, vai molhar e desfazer certezas, vai inundar e gerar a necessidade de reconstrução... e vai fazer você mais forte do que nunca.

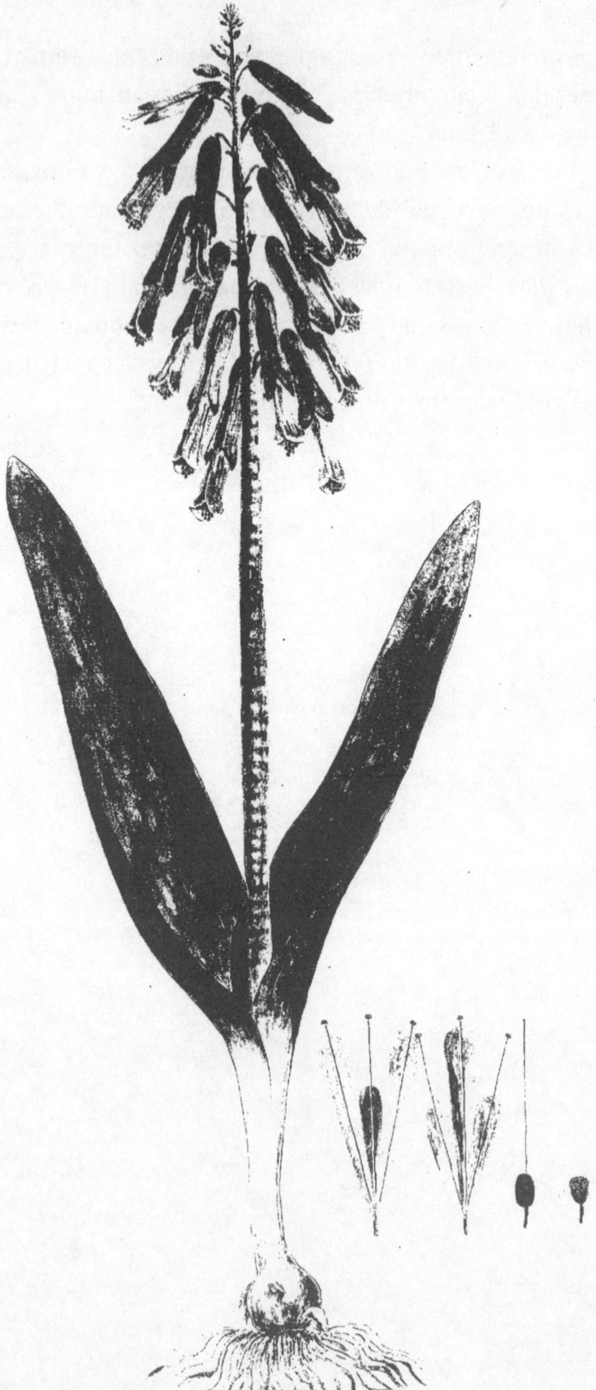

VAI DEMORAR,
VAI CHOVER,
VAI MOLHAR,
VAI MACHUCAR,
VAI CICATRIZAR
E VAI FICAR TUDO BEM.
OS DIAS DE SOL VOLTAM LOGO.

JÁ PASSEI DA FASE DE FAZER JOGUINHO. SE QUERO, VOU ATRÁS. SE SINTO, DEMONSTRO.

Eu vou ligar quando estiver afim, mandar mensagem quando der vontade, visitar quando o coração pedir, demonstrar quando a espontaneidade tomar conta, falar quando a boca precisar dizer. Não me prendo a regrinhas bobas. Não finjo desinteresse. Não durmo na vontade com medo do que o outro vai pensar, se vai achar bobo ou não, se vai curtir ou não. Evito freios desnecessários à minha intensidade.

Claro que, felizmente, a experiência e a maturidade vão ensinando a direcionar o que sentimos. Depois de sucessos e fracassos, acabamos (ou deveríamos acabar) entendendo a hora de frear, a hora de demonstrar, a hora de se resguardar um pouco, a hora de se expor. Um brinde à experiência e à capacidade de canalizar melhor tudo aquilo que sentimos.

É tão desestimulante esbarrar com alguns espécimes dessa geração desinteressada. Talvez alguns sejam assim por reflexo, outros por experiências frustradas. Longe de mim querer entrar na cabeça e no coração alheios para julgar o porquê de agirem assim. Reservo apenas o direito de reclamar do tanto de vezes que quis ser muito para alguém e não recebi respaldo para isso. Quis plantar em terrenos que não queriam minhas sementes, ou, pelo menos, não se preocuparam em ver e entender que sementes eram. Optei e opto por cuidar do meu próprio jardim e abraço o bom e velho clichê do "esperar as borboletas".

Ah, mas quando encontro algo com cara de recíproco, me entrego desmedidamente. Assumo os riscos. Algumas vezes me machuco. Não é só a falta de reciprocidade que machuca, né? Às vezes as coisas dão errado, não fluem do jeito certo, a vida acontece de forma diversa e imprevisível. E tá tudo bem. Dói, mas tá tudo bem. O importante é que me permito, não fico com joguinhos, não sigo regras que não levam a lugar algum. Não contribuo com nenhum centavo para essa geração desinteresse.

Meu coração luta e demonstra até onde consegue, e me orgulho muito da minha intensidade.

HOJE EU ME OLHO
COM MAIS CARINHO
E DEIXO O AMOR-PRÓPRIO TRANSBORDAR.

É, eu mudei. Mudei o corte de cabelo, mudei o jeito de me vestir, mudei minha alimentação, mudei meu gosto musical, mudei de perfume, mudei de lugares preferidos, mudei de telefone, mudei de e-mail, mudei de ideias, mudei de opiniões, mudei de vontades, mudei de comportamentos, mudei de amizades, mudei, simplesmente mudei.

Para muitos, não vai fazer sentido. A verdade é que as pessoas, geralmente, só percebem o quanto gostam de nós e aquilo que gostam em nós quando mudamos e nos afastamos. Não, eu não mudei por causa de ninguém, nem por culpa de ninguém. Mudei porque precisava mudar, porque fazia sentido mudar. Mudar para mim... por mim.

E me fez tão, tão, tão bem. Não que eu tenha mudado 100%. Há pedaços importantes que continuam intactos. Continuo com um coração bom, continuo doce, continuo gentil. Continuo com aquela vontade enorme de ser e fazer feliz. Continuo querendo um amor e vivendo intensamente as oportunidades que a vida oferece. Continuo quebrando a cara com uma frequência ainda absurda. Continuo me apaixonando rapidamente, me entregando perdidamente, querendo viver cada segundo com uma profundidade desmedida. Certas coisas permanecem intactas em mim, e me orgulho muito dessa bagunça, desse caos que mora aqui. É uma bagunça boa, juro. Ainda assim, bagunça.

Talvez isso tudo desagrade alguns, encante outros, por sorte, permita que uns se aproximem. O importante é que estou encantado com aquilo que tenho me tornado. Desenvolvi, depois de muito tempo, a capacidade de me orgulhar e de admirar a mim mesmo. Chamam isso de autoestima elevada e amor-próprio. Eu chamo de amor à segunda vista... por mim mesmo.

Que bom que me reencontrei.

TODOS OS DIAS SÃO OPORTUNIDADES LINDAS PARA CONTINUAR, TENTAR DE NOVO, MUDAR, CRESCER, APRENDER E EVOLUIR.

Sorte que amanhã é outro dia, outra chance, outras oportunidades. Sorte é que o sol vai embora e depois volta trazendo algo novo, uma pequena faísca de esperança, um raio de luz com capacidade de preencher o peito e fazer acreditar de novo que tudo vai dar certo. Sim, hoje foi difícil aguentar, e assim também foram os dias anteriores, mas amanhã é outro dia. Outro dia. Outro, simplesmente outro.

Não, não trago milagres. Não, nada vai mudar magicamente amanhã. Mas amanhã é outro dia e isso pode ser bom. Pode ser, pelo menos, ok. Pode não ser tão ruim, tão triste, tão pesado. Pode não ser tão duro, tão cinza, tão nublado. Pode ser leve, doce, mais feliz. Pode ter uma surpresa agradável, algum motivo bobo e ingênuo para sorrir. E isso é lindo, essa capacidade que a vida tem de fazer tudo mudar rapidinho, do destino nos surpreender, do acaso nos chacoalhar.

Talvez você ganhe na loteria, talvez você encontre o amor da sua vida, talvez você se cure, talvez você melhore, talvez as coisas se ajeitem, talvez o telefone toque, o e-mail chegue, as coisas fluam. Sim, tudo é um enorme talvez. Sim, tantas coisas ruins podem acontecer também. Você só tem que entender que amanhã é outro dia e é preciso continuar seguindo em frente, caminhando, indo, vivendo.

Saiba que não é o fim do mundo. Não é o fim do mundo mesmo. Lembre-se de quantas vezes você achou que era o fim do mundo e não foi, quantas vezes você achou que não tinha mais energia para continuar seguindo e seguiu, quantas vezes se viu fraco e encontrou forças para lutar... e lutou.

Amanhã é outro dia, meu amor, e tudo pode mudar... pra melhor.

CONHECER PESSOAS É SEMPRE UM RISCO, UMA SURPRESA POSITIVA OU NEGATIVA, E UMA LIÇÃO.

Não quebre suas asas tentando voar ao lado de quem não quer voar contigo. A queda é feia, machuca demais e deixa sequelas difíceis de superar. Sim, eu sei que ninguém manda no coração e quando menos esperamos, estamos batendo asas e levantando voo, decolando em busca de alguma espécie de reciprocidade.

Não, não digo para você frear sua intensidade, tampouco digo para que você torne seu coração infértil para novos amores. Sim, você tem que se permitir, tem que ver as chances de ser feliz e apostar nelas, claro, óbvio. Mas também tem que saber identificar quem aparenta querer voar contigo, quem aparenta não querer e, principalmente, quem aparenta querer fazer ninho com você.

Conhecer alguém é sempre um salto, um voo com riscos, um tiro quase no escuro. O grau de imprevisibilidade é sempre alto. A gente nunca sabe logo o que vem por aí. Tem gente que consegue disfarçar bem os defeitos, tem gente que mente, tem gente que tem travas enormes e só vai se mostrando aos poucos, tem gente que finge por um tempo e depois a máscara cai. Viver tem riscos, se entregar para alguém tem riscos, lutar pelas coisas que quer e precisa tem riscos. A vida funciona assim, e tá tudo bem.

Já conheci pessoas que pareciam que me levariam para voar e conhecer estrelas, planetas, galáxias. Não levaram. Já conheci pessoas que não geraram qualquer expectativa em mim, e me surpreenderam positivamente. Conheci gente que mudou demais depois de um tempo. Conheci gente que se revelou após conseguir o que queria. Conheci pessoas, desconheci pessoas, me surpreendi positiva e negativamente. As pessoas funcionam assim, e tá tudo bem.

Não dá para evitar os danos, pelo menos, não completamente. O máximo que a gente consegue é ficar maduro o suficiente para se esquivar do que claramente parece ser cilada, do que se mostra desinteressado, do que tem mais possibilidades de machucar. Depois de alguns voos frustrados, depois de algumas quedas, depois de viagens que não levaram a lugar algum, a gente aprende. Eu aprendi e você vai aprender também.

POR ENQUANTO,
BATA ASAS SOZINHO,
VOE SOZINHO,
CURTA VOAR SOZINHO.

VOAR SOZINHO TAMBÉM É BOM.

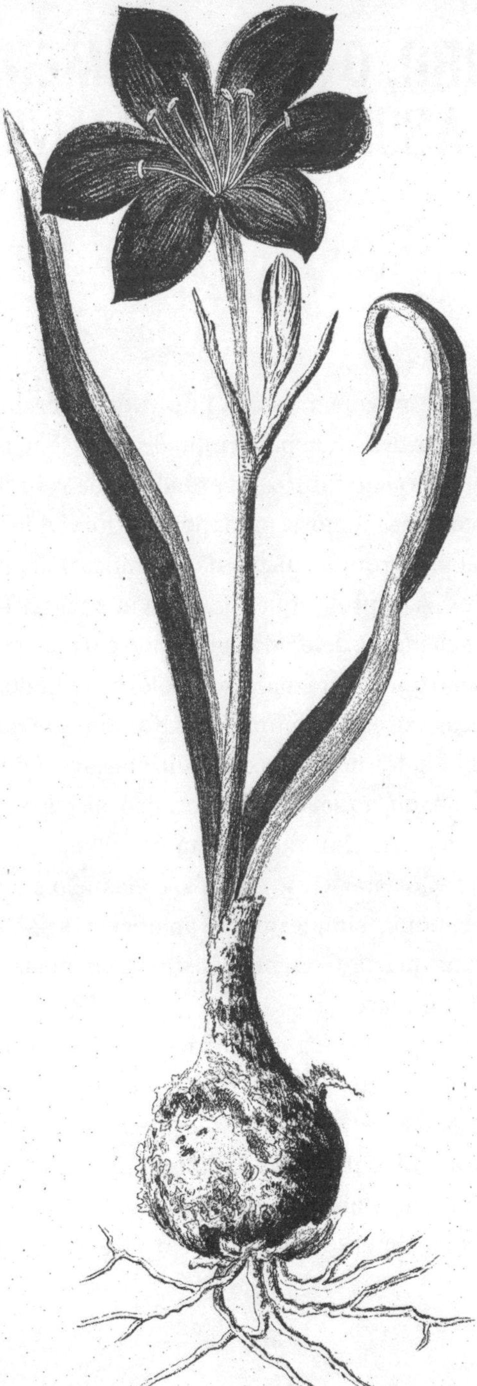

PRIMEIRO, O "ESQUECIMENTO", DEPOIS, A SUPERAÇÃO E O ALÍVIO.

Ninguém esquece ninguém, isso é fato. Nosso cérebro guarda tudo que possa ser útil, cada pedacinho de experiência que possa ser usado agora ou no futuro. A verdade é que vai existir sempre um lugarzinho na memória para tudo que foi vivido. Ninguém esquece ninguém, porque esquecer não significa deletar da mente, apagar todos os capítulos que foram vividos, zerar tudo. Não, ninguém tem sua mente deletada nem tem o coração restaurado. Nada volta a ser o que foi um dia, isso é doloroso e lindo.

As lembranças vão estar sempre aqui. Na camiseta que o outro esqueceu, nos bilhetes numa caixa na última gaveta do armário, no sanduíche cubano, no sorvete de morango, na parede do quarto, numa tatuagem. As lembranças sempre vão dançar na nossa cabeça, sempre vão estar vivas em nós, e elas não se importam nem fazem cerimônia, simplesmente aparecem, seja no final de expediente numa quarta-feira, no trânsito das manhãs de segunda, num sábado de festa.

Talvez a gente desenvolva anticorpos que nos protejam das memórias. Talvez a gente fique um pouco mais frio e cético quando elas aparecem. Talvez a gente simplesmente se acostume. Talvez a gente cicatrize. Talvez seja tudo isso junto. A verdade sobre o "esquecimento" é que não existe fórmula para ele, e ele não é realmente esquecimento. Esquecer é, nesse caso, aprender e ensinar o coração a andar para frente e não querer voltar para reviver aquilo que não pode ou não precisa ser revivido.

É questão de sobrevivência. Ou a gente esquece, ou fica a vida inteira refém, esperando retomadas, recomeços, reviravoltas. Acredite, você não quer uma vida com a sensação de "a qualquer momento tudo pode voltar a ser como antes". Ora, nada volta a ser como era antes e você, com o tempo, vai entender isso perfeitamente. Vai doer e vai sarar, vai apertar o peito e depois libertar, vai incomodar num dia qualquer na padaria ou supermercado e vai se tornar rotineiro, habitual, pacífico.

Eu queria que fosse mais fácil. Queria assistir a Seinfeld e não me lembrar das risadas conectadas, queria ouvir Arctic Monkeys e cantar sem lembrar as vozes cantando no chuveiro, queria que comer temaki fosse apenas comer temaki e não uma viagem nostálgica. Mas tá tudo bem, sabe? Tá tudo bem ver as lembranças, senti-las, por vezes, tocá-las. Porque é assim mesmo. Não tem como pular etapas, não tem como fingir que não sente tudo aquilo que foi vivido com uma intensidade absurda. Não tem como ser indiferente, frio, evasivo. A gente sofre, se acostuma, sente dor novamente, tem recaídas, se sente sem rumo, tenta consertar, percebe que precisa seguir em frente, segue em frente, se questiona, sofre mais um pouco, esquece, lembra, se acostuma a lembrar, aprende a ser feliz de novo, supera, vê as lembranças aparecendo, olha para elas com carinho, e fica tudo bem, sim.

Demora, mas fica bem mesmo.

PREFIRO SER METAMORFOSE AMBULANTE, ME PERMITO MUDAR, CRESCER E EVOLUIR A TODO INSTANTE.

Eu vou mudar. Vou mudar quantas vezes for preciso. Parece-me absurdo me manter imutável. A parte gostosa da vida é sempre estar se descobrindo, se permitindo, se entregando ao novo. Reservo o direito de me contradizer, de soar hipócrita, de me desmentir.

Abraço a ideia de que sou um loop entre lagarta e borboleta, lagarta e borboleta, lagarta e borboleta. O bom e velho clichê da metamorfose ambulante. É delicioso evoluir, mudar as convicções, rever conceitos, mexer até na própria essência, entendendo que é preciso cortar o mal pela raiz e plantar sementes novas.

Não quero me tornar aquelas pessoas que dizem "sou assim e pronto". Muitas delas acham que gostar de si mesmo é se fechar para mudanças. Não, sua essência é bonita, mas isso não significa que você não possa melhorar, crescer, consertar ou amenizar os defeitos, se adaptar a novas situações, frear alguns impulsos e evitar comportamentos que machuquem alguém com quem se importa. Amor-próprio não o faz se trancar numa concha e criar barreiras antimudanças. Amor-próprio diz respeito a você se gostar, se respeitar e se entender, e crescer e mudar fazem parte disso. É uma prova linda de amor-próprio quando a gente consegue trazer novas concepções para o nosso ser e melhorar como ser humano.

Abro as portas, janelas e coração para tudo que vier agregar, construir e fazer florescer. Até consigo olhar para trás e me perdoar, porque eu sei que aprendi muito com os erros e cresci com eles. E vou continuar vivendo da maneira mais ávida por conhecimento e crescimento.

Não sou o que eu era ontem, amanhã também não serei o que sou hoje, isso é lindo e surpreendente, emocionante e prazeroso.

CARTA PARA O EU DO FUTURO.

Olá, eu do futuro, antes de qualquer coisa, quero lhe pedir desculpas por eventuais cicatrizes e traumas que você venha ocasionalmente herdar, juro que não é a intenção deixá-lo cheio de sinais, pesos e feridas mal curadas. Eu tô vivendo muito. Estamos, porque você já mora em mim de alguma forma. Você deve me odiar um pouco por saber que você é a consequência de tudo que faço agora, mas também juro que tô dando meu melhor. É sério. Talvez não pareça, mas tenho me esforçado para ser o melhor que posso e para que você fique bem também.

Tenho feito algumas coisas importantes por nós. Como você já sabe, o eu do passado, que veio antes de mim, deixou uma herança de que preciso dar conta. Algumas amizades que não merecem ficar, um amor mal resolvido, decisões importantes que precisam ser tomadas, escolhas inadiáveis, alguns medos que devem parar de existir, algumas dores que precisam de remédios. Resumindo, tem sido uma tarefa exaustiva. Quero arrumar tudo, consertar tudo que precisa ser consertado, tudo isso pra você, pra nós.

Preciso me livrar de muita coisa que pesa meu coração, para que você fique de coração limpo e leve. Preciso escolher as pessoas certas com quem conviver, para que você não se contamine com as más energias. Preciso entender e resolver alguns medos e traumas, para que você viva mais tranquilo. Preciso redescobrir o amor-próprio, para que você não deixe ninguém o fazer de gato e sapato. Preciso aprender a ter mais paciência, para você não ser tão ansioso. Preciso cuidar do meu corpo, para que você tenha saúde para brincar com seus netos. Preciso gastar menos água, fazer uma poupança, passar protetor solar, tudo, tudo, tudo para que você não tenha tantas preocupações aí nesse futuro em que você habita.

Por fim, lhe peço para não me culpar tanto, tampouco culpar o eu que veio antes de mim, nós estávamos tentando fazer o melhor que podíamos com a experiência e a maturidade que tínhamos. Você, espero, vai ter mais capacidade para olhar as situações com maturidade e serenidade, vai saber olhar com carinho para cicatrizes e erros, talvez até se orgulhar dos "eus" que vieram antes.

Lembre-se de mim com carinho.

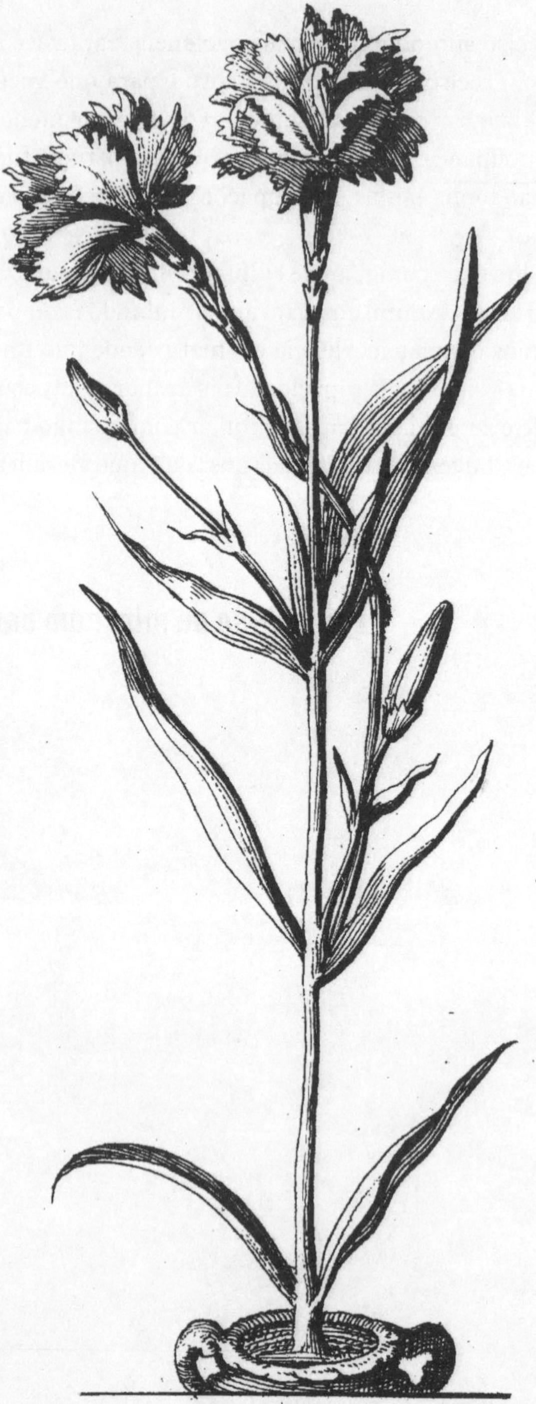

DESACELERAR PARA SE REENCONTRAR.

Não se cobre tanto. Pise no freio. Pise mesmo no freio. Respire fundo. Passamos muito tempo vivendo o raso da vida, essas coisinhas que nos fazem entender que são importantes, mas que no final das contas são apenas complementos, bônus, cerejas do bolo. Sua saúde mental é mais importante que seu diploma, seu emprego e sua conta bancária. Seu amor-próprio é mais importante ou tão importante quanto o amor que você dá aos outros. Estar em paz é infinitas vezes mais importante do que estar certo.

Não se cobre tanto. Perceba que está fazendo o que pode, e se não estiver fazendo, faça e depois relaxe um pouco, ou muito, relaxe o quanto precisar. Não se cobre tanto, aproveite a viagem em vez de achar que é o destino que importa. Chegar é bom, mas a beleza está na paisagem, no vento que bate no rosto, na música no rádio, nos tropeços, quedas e aprendizados que a vida nos impõe.

Desacelerar não é parar, é achar o ritmo correto. Um dos momentos mais importantes da vida é quando achamos nosso próprio ritmo, o fluxo que devemos viver. É uma decorrência bonita do autoconhecimento. Não se cobre tanto, se conheça mais. Conheça o que há de mais bonito e violento em você, o que há de mais belo e mais horrível que mora em você. Aprimore o bem e amenize o mal.

**DESACELERE.
RESPIRE.
ENTENDA A SI MESMO.
DEIXE AS CONSEQUÊNCIAS ROLAREM E,
POR FAVOR,
NÃO SE COBRE TANTO.**

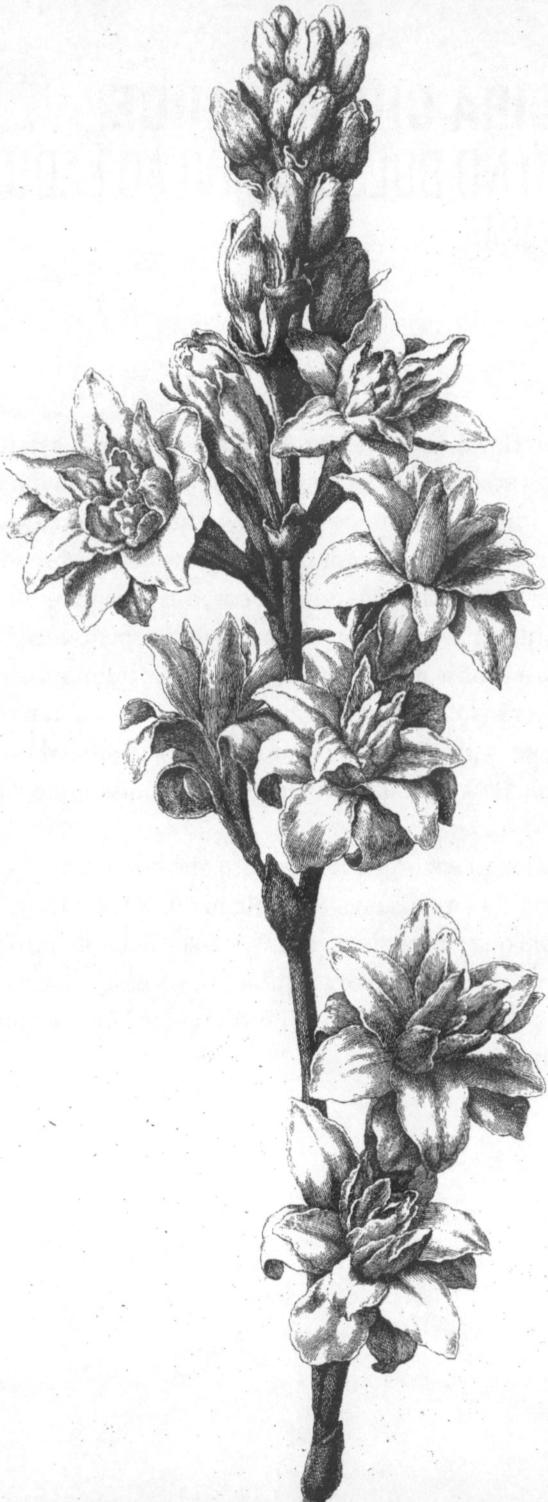

GELADEIRA CHEIA, SAÚDE, DINHEIRO NO BOLSO, AMOR AO LADO, PAZ NO CORAÇÃO.

Um dia todas as dores serão menores, todas as lágrimas estarão secas, e muitas terão regado sementes de recomeço. Um dia as coisas se encaixam, descobrimos os motivos que levaram a vida a nos bagunçar, a nos testar, a nos dobrar quase nos quebrando. Um dia você vai ter as respostas que seu coração procura tanto.

Um dia a conta vai estar recheada, a geladeira cheia, você vai ter encontrado a profissão que sonha, vai ser feliz num trabalho que nem parecerá trabalho para você. Um dia você vai ter sua casa, sua vida, seus problemas, seu mundo, será capitão do seu próprio oceano. Será, acima de qualquer outra coisa, independente e livre.

Um dia o amor vai encontrá-lo, acredito que quando você estiver mais distraído e relaxado... é aquela história tão batida de cuidar do jardim que a borboleta vem. Não é só clichê, eu juro. E você vai lutar pelo amor e o amor vai lutar por você, será tão bom saber que tem alguém se esforçando junto. O amor é foda, e finalmente você sabe disso. Ufa.

E aí, num domingo qualquer, vai se sentar na varanda, observar a bela vista da sua nova casa, vai abrir uma cerveja gelada e dar risada. Vai rir, um riso de alívio, um riso de realização e, principalmente, um riso de gratidão: valeu a pena ter aguentado o tranco, valeu a pena ter segurado firme. A dor passou, o aperto no peito passou, as dúvidas diminuíram, os dias ruins ficaram cada dia mais escassos.

UM BRINDE.

ALGUNS CONSELHOS QUE ESPERO QUE FUNCIONEM COMO UM ABRAÇO.

Espero que você seja o melhor que possa ser, e que não se frustre quando não for o que alguém esperava que você fosse. Que aproveite a viagem e não só o destino. Que você ouça conselhos clichês e os absorva bem, não é porque são clichês que deixam de ser verdades. Que você curta cada gargalhada, que aprenda com cada lágrima, que queira desistir, mas insista.

Espero que você saiba esperar e quando não esperar. Que saiba levantar quando o amor não estiver sendo servido. Que aprenda a ser feliz sozinho, que curta sua própria companhia, que goste de estar só, mas não se acostume com a solidão. Que nunca entre em desespero achando que vai ficar sozinho pra sempre. Estar solteiro não é castigo, é fase ou opção.

Espero que tenha educação, mas que fale palavrão também. Que grite gol e desabafe. Que dance quando tem vontade. Que seja saudável, mas não entre nas paranoias de dietas absurdas. Que ignore as críticas e os padrões que colocarem no seu corpo. Que você caminhe seus passos e saiba reconhecer conselhos com boas intenções. Que você se cuide e sempre se lembre de mim com carinho.

Espero que minhas palavras funcionem sempre como um abraço, que você encontre aqui algum conforto e estímulo, alguma faísca que reacenda a sua felicidade.

SEMPRE FICA EM NÓS ALGUMA COISA DO OUTRO, SEJA UMA CICATRIZ, SEJA UMA LEMBRANÇA, SEJA TUDO ISSO JUNTO.

Saudade é um bicho estranho que mora em nós. Às vezes entramos numa sessão nostálgica e acabamos o alimentando. Forçamos nossos ouvidos a escutar de novo aquela canção que foi nossa, mas que agora não é de ninguém, e isso machuca. Frequentamos, inevitavelmente, os mesmos lugares e notamos que aquela mesinha no canto continua sendo preterida e, portanto, continua sendo nosso lugarzinho no mundo, mas que sentar ali sozinho já não faz muito sentido. Achamos peças de roupa no armário e parece que o amor nos veste novamente.

Saudade alimentada só nos atrasa. É preciso matá-la, sufocá-la com novidades, com novas lembranças, com novas sensações, lugares e companhias. A saudade tem que morrer de fome, caso contrário, ela come nossas entranhas, nos fere, nos rasga por dentro. E a hemorragia nos faz pegar o telefone e tentar reviver o passado. Nós, que parecíamos curados, percebemos que não estamos tão curados assim, o dano é imenso, praticamente apaga todo aquele esforço e os dias de abstinência.

Porque é, sim, uma fase de desintoxicação, de libertação, e quanto mais mexemos nas feridas, cutucamos as cicatrizes e coçamos os pontos, mais longe estaremos de recomeçar de verdade. Não há nada mais libertador, mesmo que seja doloroso no início, do que sentir a nostalgia entrando pela janela e focar no presente, e continuar olhando pra própria vida com desejo de caminhar por outra direção.

**É vida que segue,
é vida que segue,
é vida que segue.**

NÃO SE CULPE POR COISAS QUE NÃO DEPENDIAM EXCLUSIVAMENTE DE VOCÊ.

Só dá certo quando os dois se esforçam, não tem para onde correr. Por isso, não se culpe quando você fez sua parte e mesmo assim as coisas deram errado. Claro que é ruim demais olhar para aquilo que não deu certo e sentir que poderia ter feito mais, e olha, a gente sempre acha que poderia ter feito mais um pouquinho. Mas, preste atenção, de vez em quando esse "mais um pouquinho" deveria ter sido feito pelo outro, e a gente fica se culpando à toa.

Se você olha pra trás e, com uma visão madura e racional, observa que fez tudo que estava a seu alcance e tudo que pôde fazer com aquela maturidade e experiência que tinha no momento, se você sente que deu seu melhor, que lutou e que se entregou, não há motivos para ficar se martirizando tanto. Não há razão para se colocar esse peso todo. Não dá para achar que poderia ter feito 101%.

Óbvio que você queria que as coisas fossem diferentes, mas isso não depende só de você, ou só do outro, às vezes não depende nem dos dois. Ou você se absolve disso tudo, ou nunca vai conseguir estar aberto para a vida que segue e as oportunidades que surgem.

Saia desse loop eterno de achar que poderia ter feito a, b ou c. As coisas foram o que foram e não dá para reescrever o passado, tampouco tentar escrever um futuro que não quer ser escrito. As histórias são vividas por duas pessoas e você tem que parar de achar que ela dependia mais de você do que do outro.

Se você cumpriu a parte que lhe cabia, se você colocou sua máxima intensidade, se você se dedicou e viveu aquilo com a profundidade necessária, todo o resto não depende de você. E esse resto é um montão de coisas. Tem a vida, tem a vontade do outro, tem as constantes mudanças de sentimentos, vontades e pessoas, tem as chegadas e as partidas. Você não pode controlar nada disso.

Perdoe-se, acalme o coração e entenda que sua parte foi feita, e não dá para mudar o que aconteceu.

A culpa não foi sua ou a culpa não foi só sua. Pode ter sido a vida... quase sempre é.

TUDO NO TEMPO CERTO, MEU BEM... E UM DIA DE CADA VEZ.

Respeite o que você sente. Não precisa ter tanta pressa assim. As feridas cicatrizam no tempo delas, só delas. Não dá para adiantar o processo, então a única solução no momento é buscar os aprendizados que estão disfarçados de dor. Acredite, são muitos.

O começo é sempre a parte mais difícil. É inevitável ser assim. É como nos tempos em que estávamos aprendendo a andar de bicicleta. De metro em metro, de tropeço em tropeço, de joelho ralado em joelho ralado. Você se lembra disso? Você lembra que antes da sensação de liberdade de pedalar sem rodinhas vieram os tropeços, as feridas, os Band-Aids? Superar o que precisa ser superado é um processo semelhante. Talvez seja mais doloroso do que aprender a andar de bicicleta, mas você lembra o quanto isso parecia intransponível para sua cabeça de criança?

No tempo certo, às vezes até sem percebermos, os dias vão ficando menos difíceis. Sim, é normal ter recaídas, é normal ter um dia pior do que os anteriores, é normal achar que vai ficar a vida inteira sentindo o que está sentindo agora. Você se lembra de tudo aquilo que sentia uns anos atrás e hoje já parece não ter mais nenhuma espécie de capacidade de feri-lo? Você se lembra da paixão que sentiu e não sente mais? Da raiva que sentia e não sente hoje em dia? Do que você achava o fim do mundo e atualmente não o abala de jeito nenhum? É assim, nós é que temos essa mania de pensar que é o fim do mundo, por mais que muitas vezes pareça mesmo. Dói como se fosse impossível se livrar dessa dor. A vida é cheia disso.

É tudo no seu tempo. Sei o quanto que é cansativo ouvir e ler isso o tempo inteiro. Você só queria que sangrasse menos, que o peito apertasse menos, você só queria uma anestesia qualquer ou uma máquina do tempo, um acelerador, um passe de mágica. Acordar num dia e perceber que não dói mais. Mas você já está bem grandinho para saber que não é desse jeito. Nunca foi, nunca será.

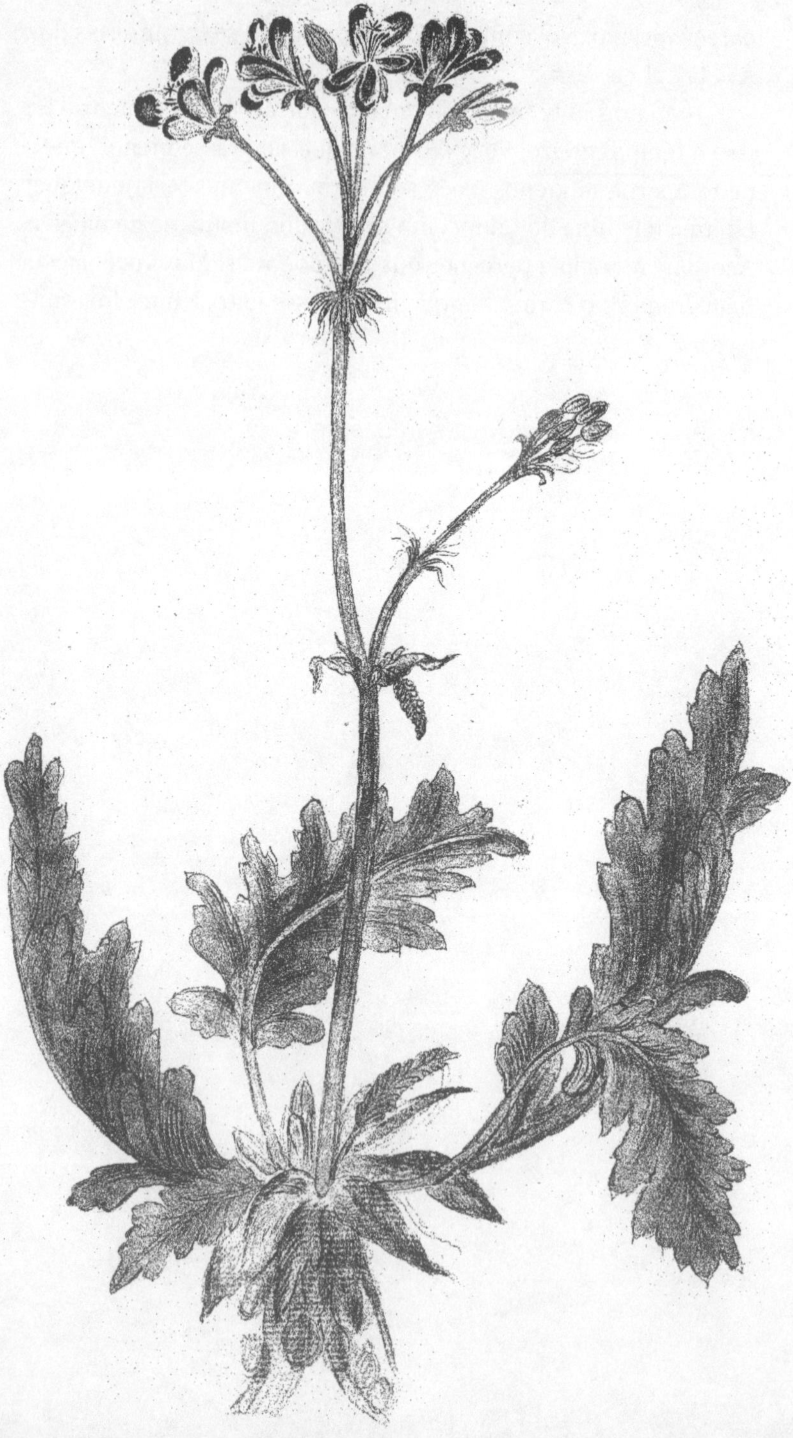

ENTÃO PEDALE, PEDALE, TROPECE, PEDALE, RALE OS JOELHOS E CONTINUE PEDALANDO. VOCÊ ESTÁ NO CAMINHO CERTO DA VOLTA POR CIMA – ELE É LONGO, MAS VAI FICAR TUDO BEM.

A VIDA É UMA RODA-GIGANTE QUE GIRA E GIRA SEM PARAR.

A vida é assim, às vezes tá tudo bem e do nada tudo desanda, muitas coisas ficam de cabeça pra baixo, a gente se perde um tanto. Às vezes tudo está na mais perfeita ordem e minutos, ou horas, ou dias depois tudo se bagunça de uma forma imprevisível. Quase sempre não dá pra evitar.

Sempre quando tudo está dando certo em minha vida, acontece alguma coisa errada. Acho que é a vida me mostrando que não dá pra ter tudo perfeito e que ser feliz é isso, não ter as coisas perfeitas e saber que alcançar a perfeição é um caminho impossível.

Uma coisa ou outra vai estar fora do lugar, consertamos algo e outra coisa quebra, tá tudo bem por uns dias e depois acontecem dias mais difíceis, tiramos nota boa e no mesmo dia batemos o carro. De vez em quando acordamos muito animados e ao longo do dia essa animação escorre pelo ralo. As coisas boas e ruins simplesmente acontecem o tempo inteiro, é impossível controlar a vida de uma maneira 100% eficiente. Nem tudo vai ser do jeito que queremos ou esperamos, e quanto antes aprendermos isso, mais fácil fica lidar com os momentos dolorosos ou incômodos.

Já fui o tipo de pessoa que na primeira dificuldade acha que tem uma vida ruim, que tá tudo errado, que eu não posso conseguir superar isso. Já fiz muitas tempestades em copos d'água. Já achei que um pequeno tremor era um terremoto sem proporções em minha vida.

Mas eu continuo aqui em pé, assim como você continua aí em pé desde a última vez que achou que nada mais fazia sentido e que não teria forças para driblar as adversidades. Você venceu todos os dias ruins, todos os momentos dolorosos, todas as situações terríveis, e, se olhar com um pouco mais de carinho para sua vida, verá que teve e tem muito mais motivos para agradecer do que para reclamar.

Sempre ficou tudo bem... e vai ficar novamente.

CEDO OU TARDE, O AMOR
SURGE NOVAMENTE EM NOSSA VIDA.

Quando o novo amor chegar, você talvez ainda esteja ferido, talvez ainda não tenha preparo emocional para ser uma boa casa para ele e recebê-lo bem. Talvez a primeira reação do seu coração machucado seja repelir o amor. No começo, vai ser uma batalha constante entre toda essa mistura de sentimentos que vão estar aí dentro. Faz parte, juro que faz.

Mas mesmo com todo esse cenário inoportuno, o amor não se dá por vencido. Ele chega. Mesmo assim, ele chega. Apesar de tudo. Mesmo com tantos poréns. O amor não quer saber se você está ou não preparado, o ideal é que esteja, mas independentemente de qualquer entrave, o amor brota, ah, ele brota.

Talvez você fuja, talvez você utilize palavras e cimento para aumentar o tamanho do muro que impede as pessoas e o amor de se aproximarem. Talvez você grite, se desespere, negue. Talvez você até se sinta dividido e uma parte sua já esteja disposta a abraçar o amor que chega. Talvez você apenas tente deixar pra amanhã ou conduza de um jeito devagar.

Nada importa, o amor vai chegar. Não é questão de se, é apenas questão de quando. Ele vem. Às vezes como furacão, noutras como semente florescendo aos poucos. Ele vem pra mostrar pra você que a vida continua, que as bagunças se organizam, que as feridas cicatrizam e que há sempre um novo amanhã, um recomeço, uma reviravolta, uma volta por cima.

Não tem hora. Não tem aviso. Não tem um sinal do universo. Muitas vezes ainda nem estamos preparados para viver a história que surge em nossa frente, mas ele nos mostra uma força para ajeitar tudo e vivê-lo. Porque o amor, amor mesmo, vai chegar e respeitar seu passado, sua bagagem, todas as cicatrizes que você traz, e depois de você relutar tanto, e de talvez até tentar correr dele, ele o alcança...

E sempre vence no final.

Permita-se fazer as pazes com o amor, deixe-o entrar novamente no seu mundo, encontrar uma brecha em seu peito e fazer uma nova morada feliz em seu coração.

"NÃO SE TORNE AQUILO QUE O FERIU."

Amo essa frase pequenina: "Não se torne aquilo que o feriu". Tão curta, tão real, tão difícil. É duro se manter o mesmo depois de ser ferido. Quando nos quebramos é difícil remontar da mesma forma. Não que não possamos ficar melhor do que antes, é o ideal, mas corriqueiramente nos tornamos um tanto amargos, pelo menos no início.

É uma tarefa complicada, depois de ser magoado, não se preencher com sentimentos de revolta e desejo de vingança ou troco. É uma decorrência quase natural querer que o outro sofra na mesma moeda, e cultivar alguma espécie de rancor. Só que a mágoa tem um efeito tão nocivo, e quase sempre percebemos apenas quando ele já está impregnado em nós.

A verdade é que, por mais difícil que seja lidar com isso, você não precisa fazer o outro se sentir da mesma maneira. Você não precisa levar essa energia ruim adiante. Sim, é normal que uma parte sua deseje isso, você é humano, mas é de extrema importância que você elimine esse tipo de negatividade. O que os outros fizeram com você diz respeito a eles e à consciência deles. Deixe que eles lidem com essa energia e com a lei do retorno. Nada nessa vida passa impune; de uma maneira ou outra, as lições são postas e as consequências são assumidas.

Foque em se curar, em processar tudo aquilo que sentiu e tirar os aprendizados necessários. Trate de utilizar as dores e os problemas como combustíveis para seu amadurecimento. Perdoe. Livre-se disso tudo que lhe pesa e o atrapalha. Não se torne aquilo que você tanto detesta, não faça com alguém aquilo que você odiou tanto que fizessem com você.

Frear essa onda ruim que tenta nos afogar depois das decepções é a parte mais desgastante do recomeço, mas é a parte que determina que tipo de seres humanos vamos nos tornar. Dois caminhos surgem: ou nos tornamos aquilo que nos feriu, ou nos tornamos superiores, mais bondosos e maduros.

Quando brota a vontade de dar o troco, eu respiro fundo, me acalmo e digo: "o mundo vai girar e a lei do retorno vai agir". Talvez ela nem aja, mas isso não é mais problema meu.

NÃO DEIXE A CARÊNCIA FAZER VOCÊ ACREDITAR QUE MERECE POUCA COISA.

A carência de vez em quando vai chegar, faz parte. O corpo vai pedir outro corpo para aquecer, o coração vai pedir um tanto de atenção e carinho. A carência vai chegar de mansinho, numa quarta-feira qualquer, num sábado à noite, e vai levar você a fazer escolhas erradas, precipitadas, quase certezas de arrependimento.

A carência vai iludi-lo, vai fazê-lo pensar que o pouco é muito e qualquer migalha é banquete. Você vai passar longe do que precisa porque ela vai fazer você acreditar que merece menos do que realmente merece. Alguns números serão discados, algumas mensagens enviadas, algumas histórias fracassadas vão reviver. A nostalgia também se fará presente, as lembranças que deveriam estar na última gaveta do armário voltarão com tudo.

Uma *playlist* triste tocando, um copo de vodca com limão, um batom vermelho à procura de lábios que preencham um vazio que não pode ser preenchido por eles. Um jantar com alguém que não se interessa por aquilo que você traz por dentro. Uma noite regada a mergulhos rasos. A intragável sensação de arrependimento no dia seguinte.

A carência vai fazer você dançar numa corda bamba emocional, e a queda é dolorida. Cê sabe. Nesse roteiro o único resultado é a decepção. Ninguém lá fora vai ocupar as lacunas que moram aí dentro. Nenhuma noite de farra com uma companhia qualquer.

Nenhum porre. Nenhum beijo. Esse espaço que falta aí dentro tem um diagnóstico simples e clichê: *falta de amor-próprio*.

Por mais clichê e repetitivo que isso possa parecer (e realmente é), é o amor-próprio que evita que fiquemos aceitando qualquer bobagem rasa e qualquer interaçãozinha vazia para de alguma forma tapar esses buracos emocionais que carregamos. É o amor-próprio à mão que nos segura antes de nos entregarmos para a carência.

RECEITA CONTRA A CARÊNCIA: INFINITAS DOSES DE AMOR-PRÓPRIO, GRANDES QUANTIDADES DE VERGONHA NA CARA, EQUILÍBRIO E MATURIDADE.

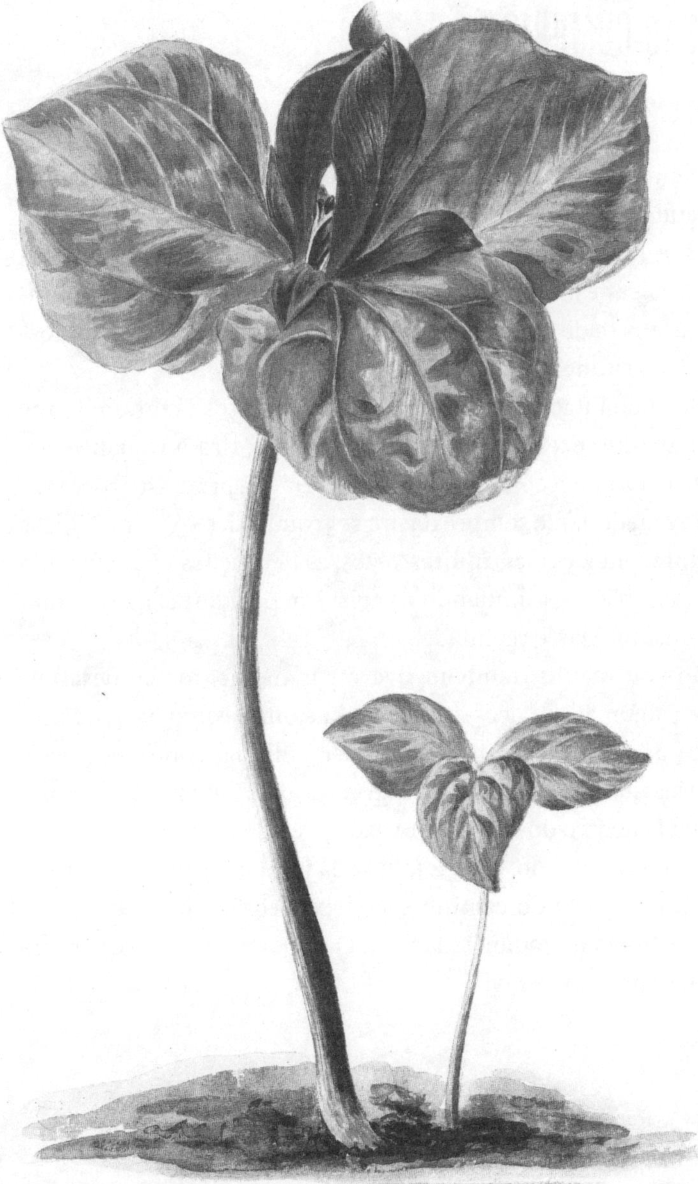

SE COM ESSE TEXTO EU RESGATAR UM ROMÂNTICO QUE ESTÁ ABANDONANDO SUA ESSÊNCIA... MISSÃO CUMPRIDA.

Mantenho o romantismo que existe na minha essência. Não dá pra mudar o que está impregnado nas partes mais profundas do meu ser. É impossível fugir da minha essência romântica, dessa minha coisa de mergulhar profundamente nas histórias, em abraçar a intensidade que existe aqui dentro e curtir tudo como se fosse agora ou nunca mais.

Sabe, não julgo os que não são assim. Muitos já foram. É que a vida várias vezes faz isso com as pessoas, tira o romantismo, planta frieza e desconfiança. Não que seja um processo irreversível: a verdade é que sempre dá pra ser romântico e viver as coisas com intensidade, mas, muitas vezes, as decepções vão esfriando os corações, desestimulando as coisas mais bonitas que moram em cada um. Triste realidade.

Não vou mentir, também tive meus momentos de descrença. Em algumas situações me percebi agindo como os que tanto critico. Já tive minhas interações rasas, minhas conexões fracas, histórias que vivi apenas pelo que vi no exterior e não por aquilo que havia dentro do outro. Por vezes tive que me sacudir e resgatar meu romantismo, e me lembrar da minha essência. E tá tudo bem, numa parte do caminho, se deixar contaminar pelo vazio que existe em abundância lá fora. O importante é recordar que merece e precisa de mais.

E eu tô aqui tentando ser uma das exceções. Espero que você também esteja. Torço para que você ainda tenha mantido alguma chama acesa, algum jardim dentro de si mesmo, algo que possa voltar a florescer com o tempo e com boas experiências. Ainda existem pessoas interessadas, pessoas com quem podemos conversar, com a mesma disposição, sobre vida em outros planetas, sobre sanduíches, sobre ansiedade.

Ainda existem os que preferem olho no olho, riso no riso, pele na pele, e que esquecem o celular quando estão com alguém, e ouvem, e falam, e debatem, e estão ali por inteiros. Você talvez só precise encontrar alguém assim, para dar novo combustível, para fazer você reacreditar.

Apesar das decepções, dos fracassos, da falta de reciprocidade e do tanto de pessoas frias que passaram por mim, tento manter minha essência doce e romântica.

É um desperdício guardar e ignorar as coisas mais bonitas que existem em nós.

Você é profundo. Lembre-se disso.

ACALME O CORAÇÃO, A PRESSA NÃO VAI DAR A SOLUÇÃO QUE VOCÊ PRECISA.

Você não precisa encontrar as soluções hoje. Não precisa ter tanta pressa assim. Ora, o importante agora é você dar um jeito de acalmar o peito, todo o resto pode esperar. Sim, você pode estar aí agora reclamando que eu não faço ideia do que se passa em sua vida nesse momento, mas eu sei também que, seja o que for, pode esperar uma hora ou duas, ou três, ou uma noite de sono.

Respire fundo. Sei lá, bote uma música qualquer de que você gosta muito, coloque o celular no modo avião, procure alguma coisa alegre para assistir na televisão, faça uma oração, tome sorvete, coma um pote de jujubas, corra, tente fazer uns abdominais, escreva um poema, faça uma faxina no seu armário. Respire fundo, ok? Respire fundo.

Não deixe esse trem desgovernado que se move dentro do seu peito tomar conta do resto do seu corpo. Não permita que a pressa tire a serenidade para pensar e ir pelo caminho melhor. Adianta tomar decisões precipitadas, mal calculadas, impulsivas? Adianta querer resolver tudo e acabar resolvendo as coisas de maneira malfeita? Adianta se culpar e se martirizar em vez de se acalmar e tentar encontrar o melhor caminho?

Quando você acordar amanhã, o mundo não vai ter mudado tanto, mas talvez você tenha mais clareza nas ideias pra olhar as coisas com uma perspectiva mais branda, mais otimista, mais serena e, acima de tudo, mais madura. Talvez, tudo que pareça tempestade nesse instante, amanhã tenha cara de chuvisco, uma pequena garoa e só. Talvez, tudo que soe como uma equação gigantesca fique com cara de dois mais dois.

Decisões precipitadas são a forma mais fácil de aumentar o tamanho dos problemas.

Respire fundo, coloque a cabeça no lugar, e a sua calma vai levar você pro lugar certo.

QUE ESSAS PALAVRAS
FUNCIONEM COMO UM ABRAÇO EM DIAS RUINS (E NOS BONS TAMBÉM).

Que você se ame tanto que nunca aceite menos do que esse amor que tem por si mesmo. Que você se respeite, que entenda seu tempo e que não se pressione tanto. Que saiba se abraçar, se fazer carinho e se ouvir. Que a carência perca todas as batalhas pro seu amor-próprio e você saiba que estar sozinho não é castigo.

Espero que você descubra seu valor, que tenha consciência dos seus defeitos e que trabalhe para melhorá-los. Que você aceite suas imperfeições, que amenize suas falhas, que coloque o aprendizado e o amadurecimento como metas constantes. Que você finalmente descubra que não se resume aos seus erros.

Torço para que você descubra quem faz bem, quem faz mal, quem tanto faz, e que saiba criar laços e construir distâncias. Que você fortaleça seus vínculos e seja com os outros o que gostaria que fossem com você. Que você coloque na prática a utopia de fazer o bem sem olhar a quem.

Oro para que você se torne o melhor ser humano possível, que nunca se canse de melhorar, que viva uma vida de que valha a pena se orgulhar. Que o tédio fique longe, que as energias ruins batam e não o machuquem, que os dias ruins não deixem sua alma cinza. Que a sua estrada seja predominantemente de céu azul, mas que as tempestades o ensinem e deixem de assustá-lo.

Que você ouça meus conselhos bobos e que saiba que, mesmo sem te conhecer, mesmo sem eu saber o que se passa aí dentro, te quero bem e te mando as melhores energias.

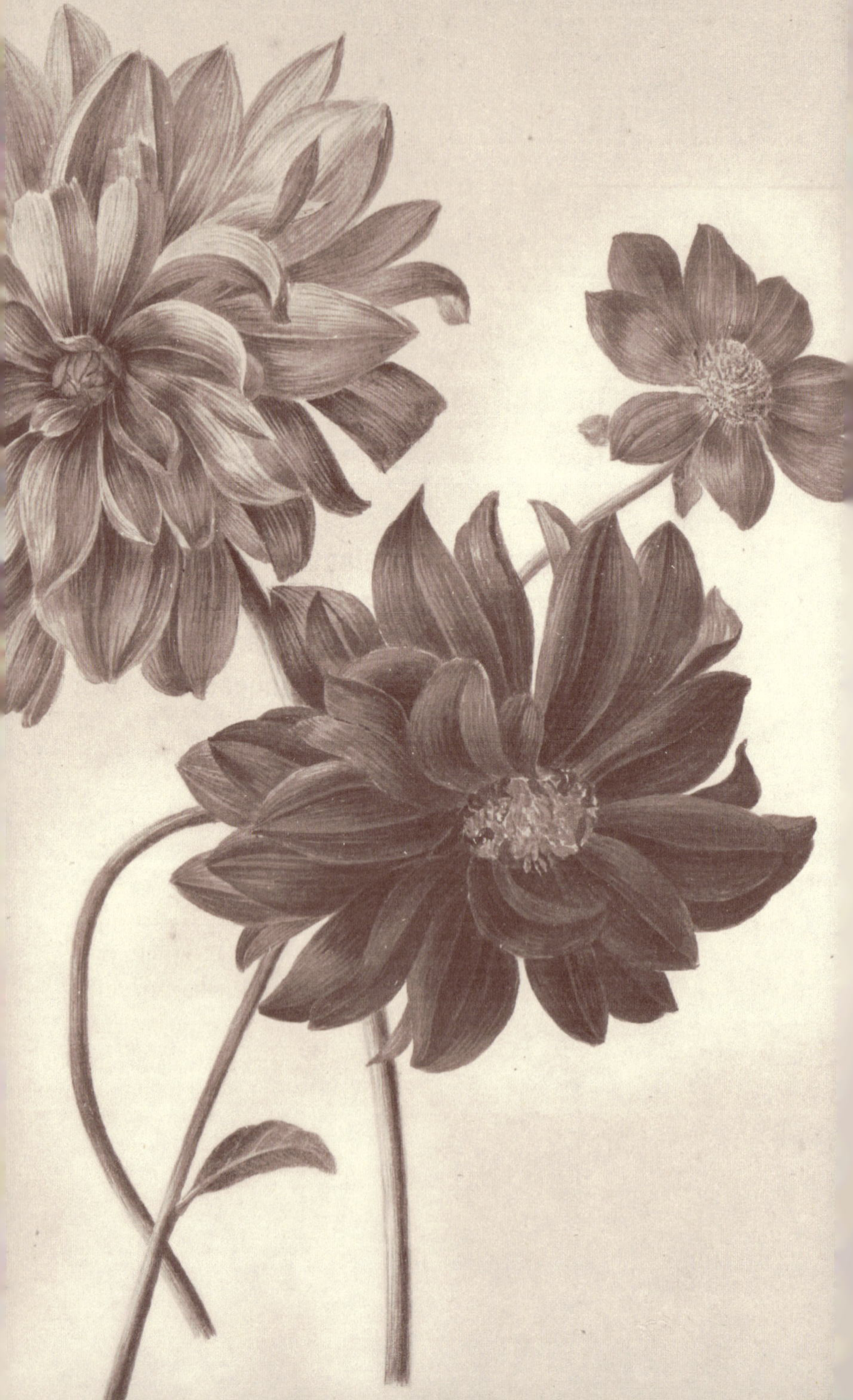

TALVEZ A PESSOA MAIS CORAJOSA SEJA AQUELA QUE DESISTIU DE ALGO QUE QUERIA MUITO, POR SENTIR QUE AQUILO NÃO ERA O QUE REALMENTE PRECISAVA.

Desistir é um ato de coragem enorme e, muitas vezes, uma atitude que exige força demais. Desistir, talvez, demande mais força até do que continuar insistindo em algo. A maturidade está em saber o que vale o gasto de energia e o que necessita de desistência, afastamento, mudança de opinião.

Somos seres em constante processo de transformação. O que queríamos ontem talvez não queiramos hoje. O que precisamos hoje talvez não seja o que precisaremos amanhã. Pessoas mudam, vontades passam, sentimentos se transformam, e não podemos ficar reféns do que fomos ou quisemos outrora.

Trocar de ares, abrir mão de um sonho, mudar de companhia, procurar outro trabalho, não há mal algum nisso. Se é o que seu coração pede, se é o que você sente que precisa, se é com intuito de crescer, mudar, se fazer bem, desista! Pegue toda essa energia e direcione para outro lugar! Tome as rédeas do seu caminho!

Não é ingratidão com o roteiro traçado até agora, não se apagam os aprendizados e momentos bons, não escorrem pelo ralo as lembranças e o amadurecimento. É natural, é da vida, e é muito importante saber a hora de parar de investir seu tempo em algo. Você não é má pessoa, você não é fraco, você não é covarde. Simplesmente você é uma pessoa boa que quer e merece ser feliz, e está correndo atrás disso.

Nem toda perda é derrota, nem toda desistência é falta de força e coragem. Às vezes é desistindo de uma coisa que abrimos espaço para outras maiores e melhores.

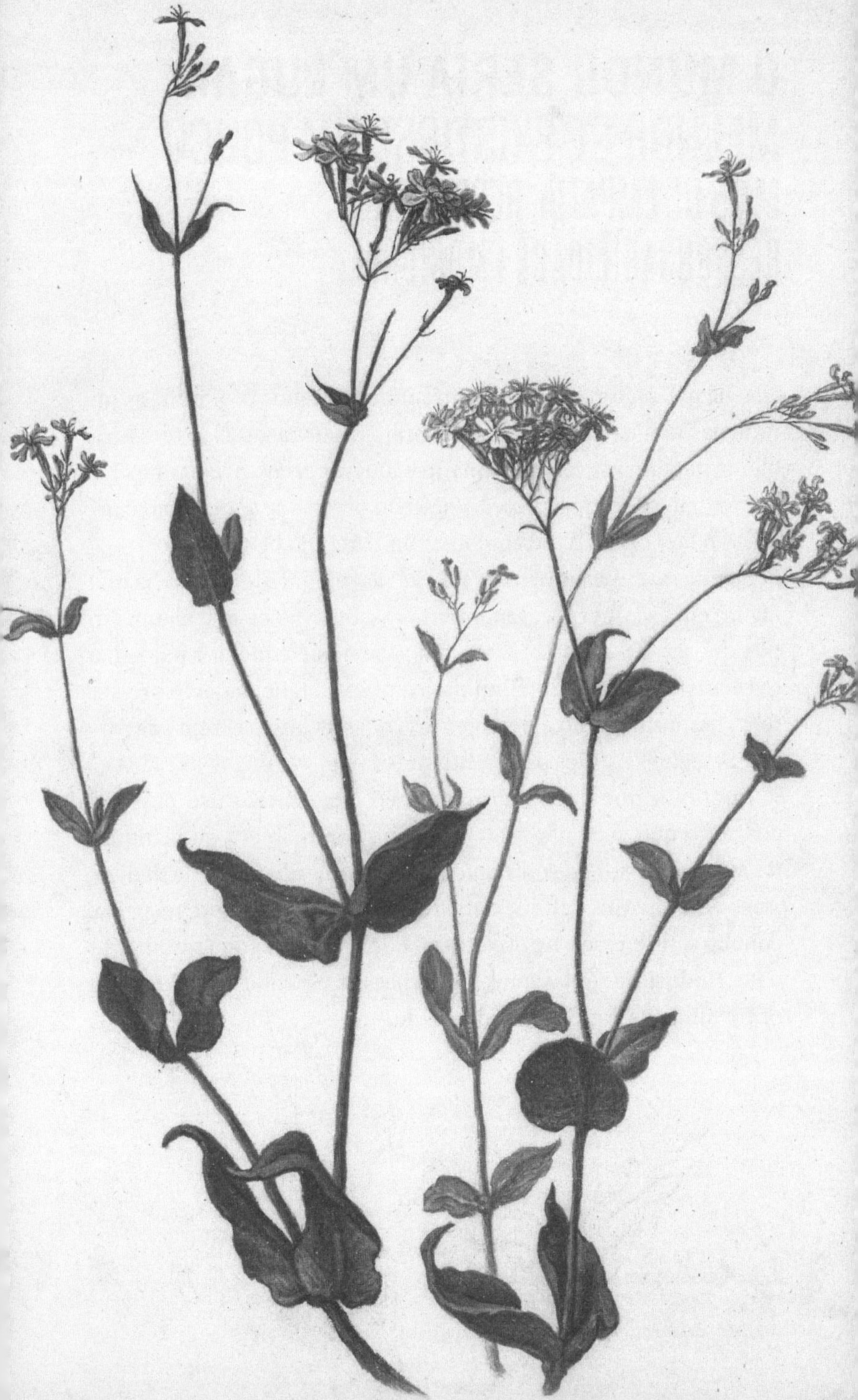

O MUNDO SERIA UM LUGAR MELHOR SE EXISTISSE UM POUCO MAIS DE EMPATIA, RESPEITO E RESPONSABILIDADE EMOCIONAL.

Não há mal algum em escolher o caminho menos profundo, as interações menos intensas, os mergulhos mais rasos. Não tem problema não querer relacionamentos, querer criar várias conexões fracas, não se comprometer. Você não precisa se sentir sujo e errado ao fazer isso. É uma escolha sua, e tá tudo bem.

Se não machuca ninguém, não há mal algum nisso. Não há mal algum em escolher viver momentos assim. Não há mal algum em não querer transbordar. Cada um sabe o que é melhor para si, o que satisfaz, o que contribui para a própria felicidade. Sobre ser feliz, nenhum rótulo é pertinente. Todas as pessoas têm sua forma particular e única de ser, e tá tudo bem.

Contanto que você não iluda, não magoe, não use pessoas, contanto que você não trate ninguém como objeto ou brinquedo, você pode ser e fazer o que quiser. A liberdade é uma dádiva. Aproveite-a. Aproveite-a com responsabilidade, com respeito, com boas intenções. Aproveite-a de uma maneira que raramente o faça ir dormir com a consciência pesada. Se colocar no lugar do outro ajuda bastante nesse exercício.

Por isso, errado mesmo não é quem vive assim, errado é quem ilude, quem faz mal, quem não deixa claro o que sente e quer. Errado é quem não abre a boca para dizer: "Olha, minha intenção é essa, eu quero tal coisa, eu sinto isso". Errado é quem acha que é problema de cada um lidar com as expectativas que foram plantadas. Errado é quem esquece que do outro lado tem um ser humano.

Se você olhar pro outro coração com respeito e responsabilidade, a probabilidade desse coração se machucar é mil vezes menor. Se você se colocar no lugar do outro, talvez a maioria das suas decisões mudem e tenham mais empatia. Sentir não é obrigação, ter responsabilidade emocional deveria ser.

ESQUECER NÃO É DELETAR DA MENTE, É IR QUANDO O CORAÇÃO DEIXA DE QUERER ESTAR PERTO.

Você vai deixando pra lá. O que parecia um tremendo de um furacão fazendo rebuliço em seu peito se torna um vento leve e tranquilo. Para de arder, sabe? Para de machucar. Talvez tenha sido o tempo, talvez o amadurecimento, talvez uma decorrência natural do processo, talvez tudo isso junto. Não sei ao certo, talvez nem importe tanto o porquê.

O que interessa é que você vai parando de ter vontade de insistir, de tentar, de mudar o roteiro. Você, em algum momento, se questiona e se sente ingrata por estar deixando essa história se tornar passado, mas depois percebe que o importante é voltar a ser feliz e que o que foi vivido, foi vivido, nada apaga, nada poderá manchar a sua gratidão por ter participado daquela relação.

Passa a vontade de ligar, o desejo de estar perto, a saudade é colocada em segundo, terceiro, vigésimo plano, porque na balança do seu coração, o desejo de ir por outro caminho pesa mais, ou melhor, pesa mais com o intuito de deixar você mais leve em seguida. E você vai deixando, vai largando mão, vai se importando menos, vai tirando do presente e tornando passado. É aí que começa o "esquecimento".

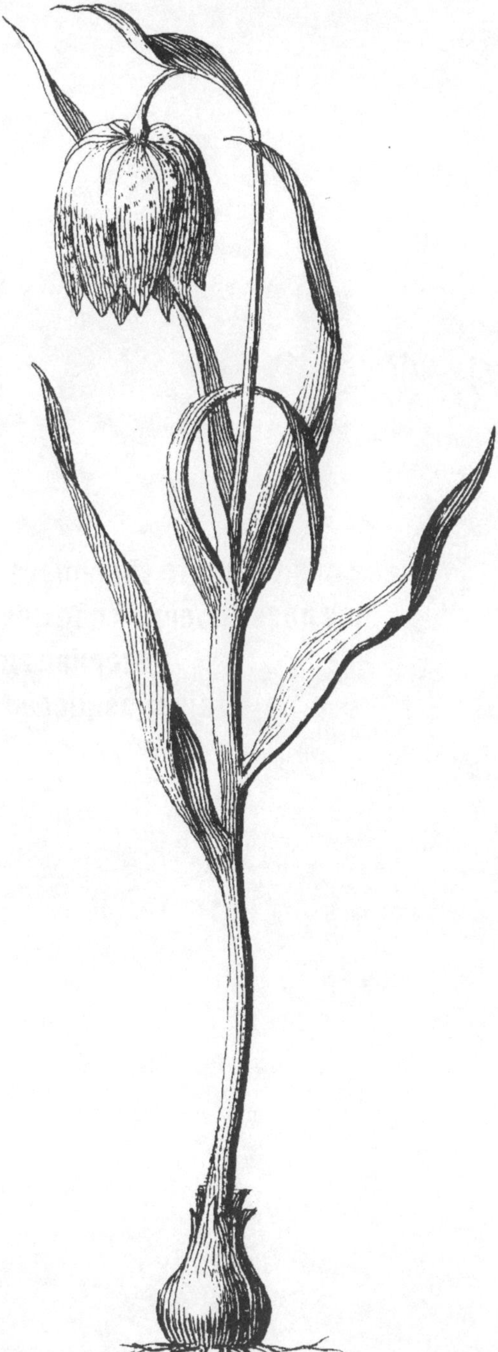

Lembrar, a gente vai lembrar sempre,
mas nossas pernas não querem mais
retornar ao passado,
e talvez esquecer seja isso.

VOCÊ MERECE MAIS PRESENÇAS E MENOS DESCULPAS.

Raramente falta tempo. A verdade é que o que anda em falta mesmo é o interesse. Quando o interesse existe, quaisquer cinco minutos podem render uma conversa profunda, qualquer fim de semana pode ser mais intenso do que um mês inteiro, qualquer folga na agenda pode ser um encontro bonito e feliz.

O relógio não tem culpa se o interesse é pequeno, se as pessoas se escondem atrás do tempo e da rotina atarefada para dizer que andam ocupadas demais para mandar uma mensagem boba com um "oi" qualquer. A falta de tempo tem sido um escudo para os desinteressados, os que não sentem tanto e os que estão acomodados.

Sempre dá pra arrumar um jeito. Sempre dá para encontrar um tempinho para se fazer presente. Presença não é só física. Presença é se interessar tanto por fazer parte da vida do outro que a distância e as dificuldades viram meros detalhes. Presença é fazer parte da rotina, é se mostrar disposto a escutar, é estar de prontidão quando o outro precisa, é saber que, mesmo não falando muito, na hora em que as coisas apertarem, haverá um ombro amigo, um porto seguro, um S.O.S.

É preciso observar quem realmente quer fazer parte e quem só quer fazer figuração em nossa vida. Perceber quem se esconde atrás de desculpas, como a falta de tempo ou a rotina ocupada. Claro que todo mundo tem a própria vida e suas coisas para fazer, mas sempre dá para achar uns minutos para aquilo que é importante. A questão é de prioridades e não de tempo.

Entenda de uma vez que quem quer fazer parte vai dar um jeito de estar perto, e nem precisa de muito esforço para isso. É só ter interesse, vontade, disposição. É só encontrar um lugarzinho bonito na vida do outro e se prontificar a cuidar dele e valorizá-lo.

**Você merece mais do que pessoas com desculpas esfarrapadas, ausências, abandonos, falta de interesse e disposição.
Você merece quem faz de tudo para caminhar ao seu lado.**

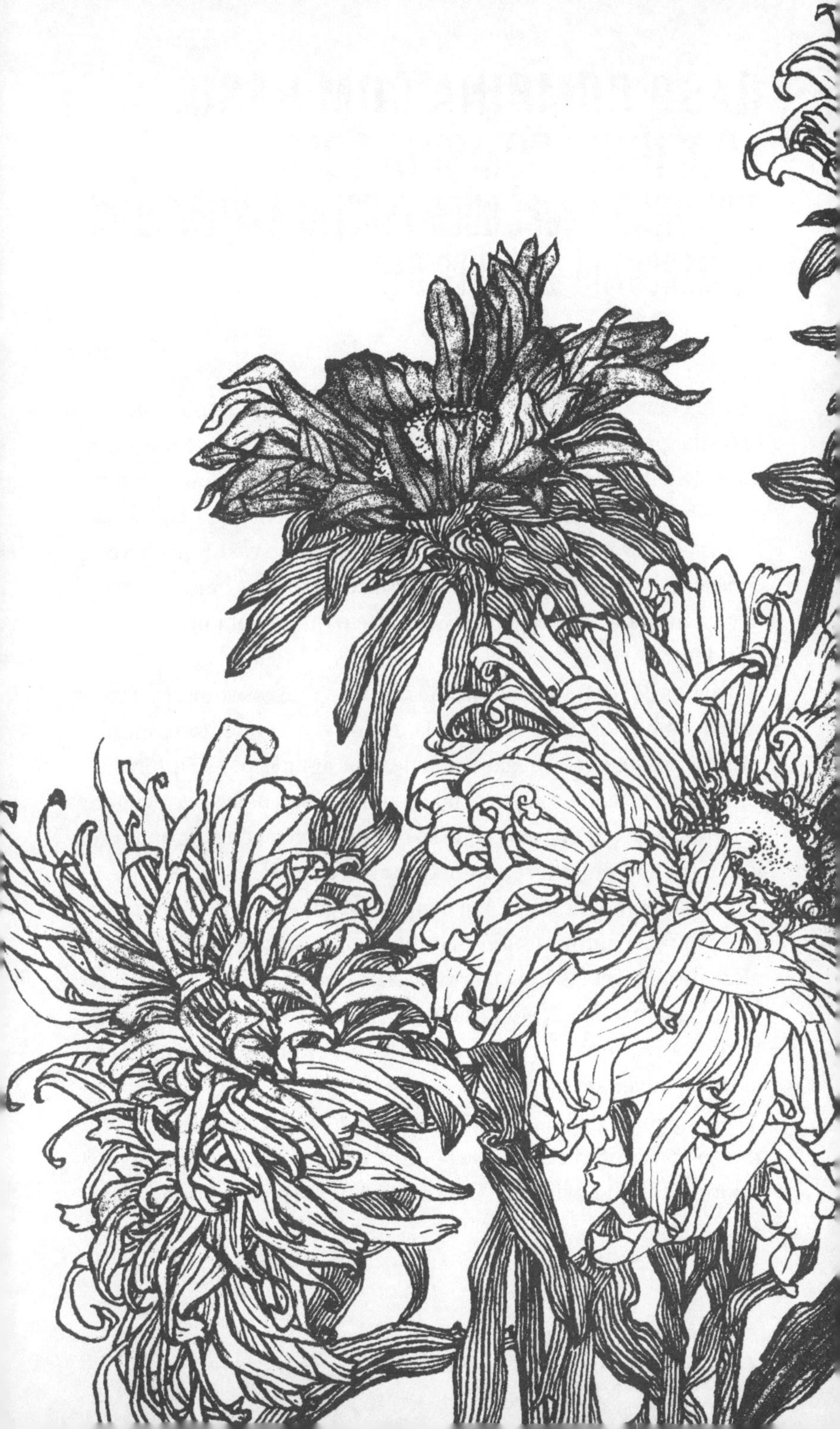

RASO COMBINA COM RASO, PROFUNDO COMBINA COM PROFUNDO. É VOCÊ QUEM ESCOLHE A INTENSIDADE DO MERGULHO QUE QUER DAR.

A casca perde o poder de encantar depois de um tempo. A beleza externa que atrai, com o passar dos dias, vai perdendo a capacidade de fazer as pessoas permanecerem. Não é isso que conta no final da história. Não são os olhos verdes e o sorriso bonito, não são as curvas e os músculos, não é o estilo de se vestir que agrada a visão. O que faz permanecer é a conexão bonita e bem construída, é a morada bem-feita no coração, é o que se tem pra oferecer por dentro.

Depois de tantos clichês já falados por mim, esse talvez seja um dos mais óbvios, mas que, ainda assim, é geralmente ignorado. Muitas pessoas vão chegar perto de você apenas por se interessarem pela parte mais superficial do seu ser. Sua beleza externa vai ser chamariz para pessoas que só querem tocar sua pele, mas que não têm nenhum interesse em tocar sua alma.

E vai incomodar, claro. Vai incomodar saber que você tem muito a oferecer num mundo onde poucos se interessam por algo além do superficial. Vai fazer você se fechar em casulos e tirar um pouco sua paciência e vontade de conhecer pessoas. "Está tudo muito raso", você vai repetir e repetir. A verdade é que o mundo é assim, e talvez seja sempre.

Mas não se deixe contaminar. Não se esqueça que você tem muito mais a oferecer do que beleza externa, essa é a parte menos importante que existe aí. Dentro do seu corpo há muita beleza, muita luz, muita história boa para contar, muitos momentos de sobrevivência e volta por cima, e muitos sentimentos bons. Você é mais do que um corpo bonito.

    Você merece alguém que esteja disposto a conhecer suas curvas mais profundas e caminhar nas partes mais sombrias e remotas da sua alma. Merece alguém que chegue disposto a conhecer você pelo avesso, alguém que esbarre nos seus defeitos e entenda que eles também fazem parte.

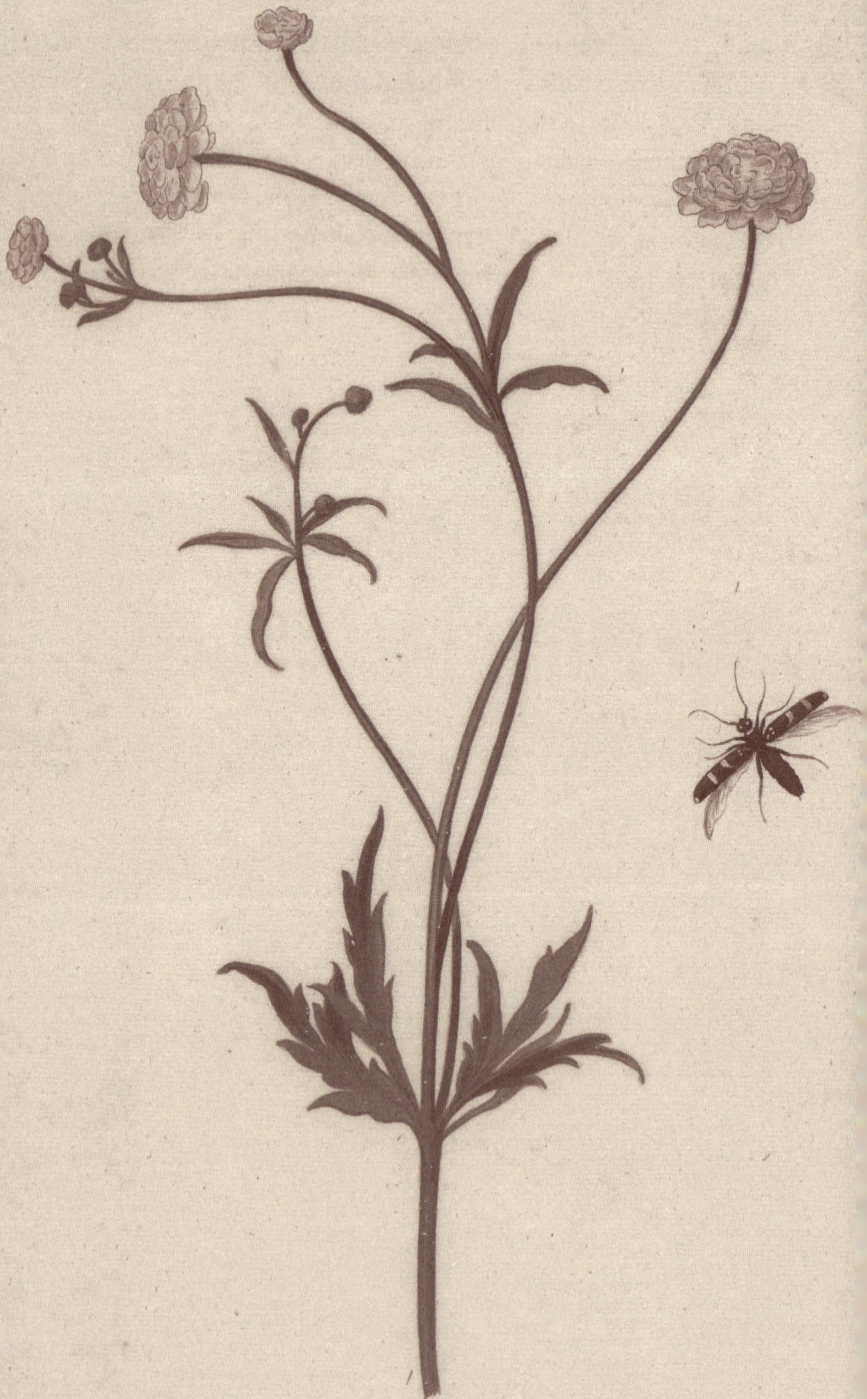

NÃO SE ACOMODE NEM SE ACOSTUME COM POUCA COISA. VOCÊ NÃO MERECE SUPERFICIALIDADES, MERECE É UM MERGULHO INTENSO NAS SUAS PARTES MAIS PROFUNDAS.

É O AMOR-PRÓPRIO QUE DIZ A HORA DE PARTIR.

Por amor a gente luta, por amor-próprio, às vezes, a gente desiste. Por amor a gente cede, por amor-próprio, às vezes, a gente tem que se colocar em primeiro lugar. Por amor a gente faz planos, por amor-próprio, às vezes, a gente tem que mudar de direção. Por amor a gente tenta ficar junto, por amor-próprio, às vezes, a gente precisa ficar sozinho.

As mudanças e atitudes mais doloridas, aquelas que exigem um nível altíssimo de coragem, são as que a gente faz por amor-próprio. Quando a gente precisa se priorizar, abraçar a si mesmo e mudar de rumo, de companhias, de ambiente. Quando a gente percebe que está no lugar errado, recebendo a energia errada, os sentimentos errados. Quando sente falta do que deveria ser básico e habitual.

É preciso ouvir o que o amor-próprio tem a dizer. Amor bom é quando amor-próprio e amor pelo outro dançam juntos, um não machuca o outro, não aperta, não sufoca. É quando o coração sabe que nenhuma parte do nosso ser está sendo violada, suprimida, desprezada. Amores que respeitam o amor-próprio sempre duram e fazem bem, caso contrário, o amor-próprio tem o dever de preparar nossas malas.

A mala às vezes vai pesada demais,
mas durante o caminho a gente vai largando alguns
sentimentos por aí... e as coisas ficam mais leves.

NO MEIO DO CAOS, SEMPRE ENCONTRAMOS ALGUM MOTIVO BONITO PARA CONTINUAR SEGUINDO EM FRENTE.

Escrevi praticamente um livro inteiro sobre um amor, foi quando aprendi uma das lições mais importantes: tudo sempre tem um lado bom. Foi aquela fase difícil, que me machucou tanto, aquele término, aqueles dias ruins que sucederam o ponto, tudo isso me possibilitou escrever um livro lindo. Talvez não tivesse ficado tão bom se eu não tivesse vivido tudo aquilo e todas as outras coisas que vivi.

Todas as minhas experiências me tornaram quem sou e isso, depois de um tempo, gera em nós a compreensão de que é uma dádiva e não uma maldição passar por todas as coisas que passamos. Claro que essa percepção não vem no meio do caos, ela vem com o tempo, com a paciência, com a superação. A vida segue o fluxo dela e no nosso ritmo aprendemos.

Passei pela depressão, pelos furacões internos, pelos términos, pelas despedidas, pelas perdas irreparáveis, pelas lacunas que ficaram em mim e que nenhuma presença será capaz de preencher. Em todas essas etapas, cedo ou tarde, enxerguei partes boas, bênçãos, possibilidades de ser feliz.

A depressão me ensinou muito sobre mim, sobre a vida, sobre a maneira mais correta de enxergar meu mundo. Aprendi a me valorizar mais, a aproveitar os momentos bons, a curtir quem está do meu lado, a viver as coisas com a intensidade e a profundidade necessárias. É mais um exemplo de como uma situação ruim, se for olhada com mais calma e sensibilidade, tem um lado bom.

Não culpo mais a vida, o destino ou meu anjo da guarda. Acredito que o que aconteceu foi por algum motivo e eu tenho que aprender e continuar aprendendo com isso. É pro meu fortalecimento, é pra encontrar algo bom, é pra crescer de alguma forma. Tudo ensina. Tudo possibilita que nos tornemos mais sábios e experientes.

> **"Olhe o lado bom", repito todos os dias ao esbarrar em algo "ruim".**

CADA SEGUNDO É UMA ETERNIDADE LINDA SE FOR BEM APROVEITADO.

Ela era diferente. Sim, todo mundo é diferente de todo mundo, mas ela tinha algo que beirava o caótico, parecia que existia algo quebrado dentro dela. Algo que talvez ela nem soubesse, até então, o que era. Doía. Isso era evidente. Doía.

Tentava disfarçar com alegria e gargalhadas, com caretas e passos de dança. Disfarçava bem. Sim, vivemos num mundo onde as pessoas não prestam atenção umas nas outras. Então não era tarefa tão desgastante assim fingir que estava tudo bem. No fundo todos estavam fingindo também. Talvez todos ali, inclusive eu, estivessem quebrados e danificados de alguma forma. *Mais tarde eu descobriria que isso era efeito comum da vida.*

Ela dirigia uma Blazer ano 2002, e sempre me dava carona pra casa. Era rara e bonita a maneira como achávamos assunto. Tínhamos uma conexão intensa. É engraçado como o gosto pelo mesmo tipo de música aproxima as pessoas. Cantar de um jeito desafinado enquanto o semáforo não abre é uma maneira linda de se criar intimidade.

Talvez o caminho clichê e mais óbvio seria a gente ter se apaixonado, sabe? Ter deixado os hormônios controlarem o rumo das coisas. Mas não, era uma sensação de paz tão grande o caminho de volta pra casa, que seria um sacrilégio mexer nessa leveza, complicar o que tava bom e simples. Uma das coisas de que mais sinto falta é descer do carro e ouvir a buzina seguida de "Entre logo antes que lhe roubem um rim". Nunca roubaram.

    Alguns momentos a gente guarda para sempre, como se o cérebro fotografasse cada milésimo de segundo. A vida tem um papel quase sempre determinante sobre quem fica e quem vai, e às vezes não dá para fazer nada. Nada. As pessoas seguem seus caminhos, é inevitável. Doloroso e inevitável. É uma maneira bem peculiar do destino nos dizer: "Aproveite cada momento, porque sobre amanhã, ninguém sabe, só eu".

    Quase nunca a gente aproveita. Quase nunca a gente, no meio do trânsito, enquanto volta para casa, pega no ombro do outro e diz: "Obrigado por esses momentos bons". Nós e essa mania de esquecermos que tudo muda num piscar de dias.

Valorize os momentos, eles não voltam.

A MENINA DANÇA.

Atrás daquela aparência frágil, daquele jeito leve e suave, há muita força. Quem vê aquele sorriso nem imagina o quanto custou e o quanto foi vivido e superado para que ela continuasse sorrindo, caminhando, sendo feliz. Ora, ela é uma Sra. Volta Por Cima, uma lutadora, guerreira, cai e levanta, cai de novo e levanta de novo. Aquele corpo pequeno e aquelas mãos delicadas sabem o que é carregar o peso de ser quem é, as consequências de suas decisões, as sabotagens e tempestades que a vida e as pessoas sempre oferecem.

Tem dia que ela acha que não aguenta mais, que não há mais força e energia. Foram tantos dias assim, e tantos dias seguintes em que ela acordou e viu que continuava ali, firme, e que mais um furacão em forma de problema passou. Passou. Ela sabe que tudo passa. Momentos bons, momentos ruins, momentos mais ou menos.

Aproveita cada pedacinho de felicidade como se fosse o último, se segura e mantém a fé durante todos os momentos ruins, porque, afinal, nada é pra sempre. Outra lição que a vida ensinou. Até as coisas mais firmes e os sentimentos mais bonitos acabam. Uns acabam bem, outros tantos acabam mal, o importante é aprender com tudo isso e seguir. E ela segue: firme, forte, provando, mesmo sem intenção de provar, que se a vida é uma dança, nada vai impedi-la de dançar.

Tem gente que leva a vida de uma maneira tão bonita que até inspira. Inspire-se em pessoas de bom coração.

SEGUNDA-FEIRA.

Segunda-feira eu começo. Começo a dieta, começo a correr, vou voltar a ler mais, passar menos tempo no celular, assistir a menos séries e produzir constantemente. Segunda-feira vou otimizar meu tempo, tirar uma hora para cuidar da minha pele, responder uns e-mails, ligar para alguém com quem não falo faz tempo. Segunda-feira eu vou parar de beber, vou apreciar o céu azul, não vou brigar por política nem me estressar por meu time ter perdido no domingo.

Segundas-feiras estão aí o tempo inteiro, invariavelmente. Toda semana tem segunda-feira, e tem promessa, e tem meta, e tem recomeço. "Segunda-feira, prometo, de segunda-feira não passa." E a segunda-feira chega, impreterivelmente, e tudo se adia novamente. O domingo dá esperança. "Essa é a última vez que faço isso, porque amanhã é segunda-feira, e tudo muda." E nada muda. Nem nas segundas-feiras nem nas noites de Réveillon.

É preciso dar uma notícia ao mundo: as segundas-feiras não são diferentes das terças, dos sábados, dos feriados. Tudo pode começar agora, daqui a meia hora, quarta-feira ou sábado às 23h. A dieta pode começar na próxima refeição, a primeira corrida na orla pode ser amanhã, sexta-feira. Eu posso deixar o celular de lado agora, depois que responder os e-mails, após postar aquela foto, e pronto. Só é preciso parar de dar desculpas, de justificar a preguiça e de colocar a culpa no universo.

As coisas não precisam começar nas segundas-feiras, nos dias 1º de janeiro ou às 10h em ponto. A mudança pode ser agora, deve ser agora, deve ser no mais tardar quando eu terminar de escrever esse texto e você acabar de lê-lo. Grandes mudanças podem rolar numa quinta chuvosa, às 12h43, comendo uma maçã em vez de um hambúrguer.

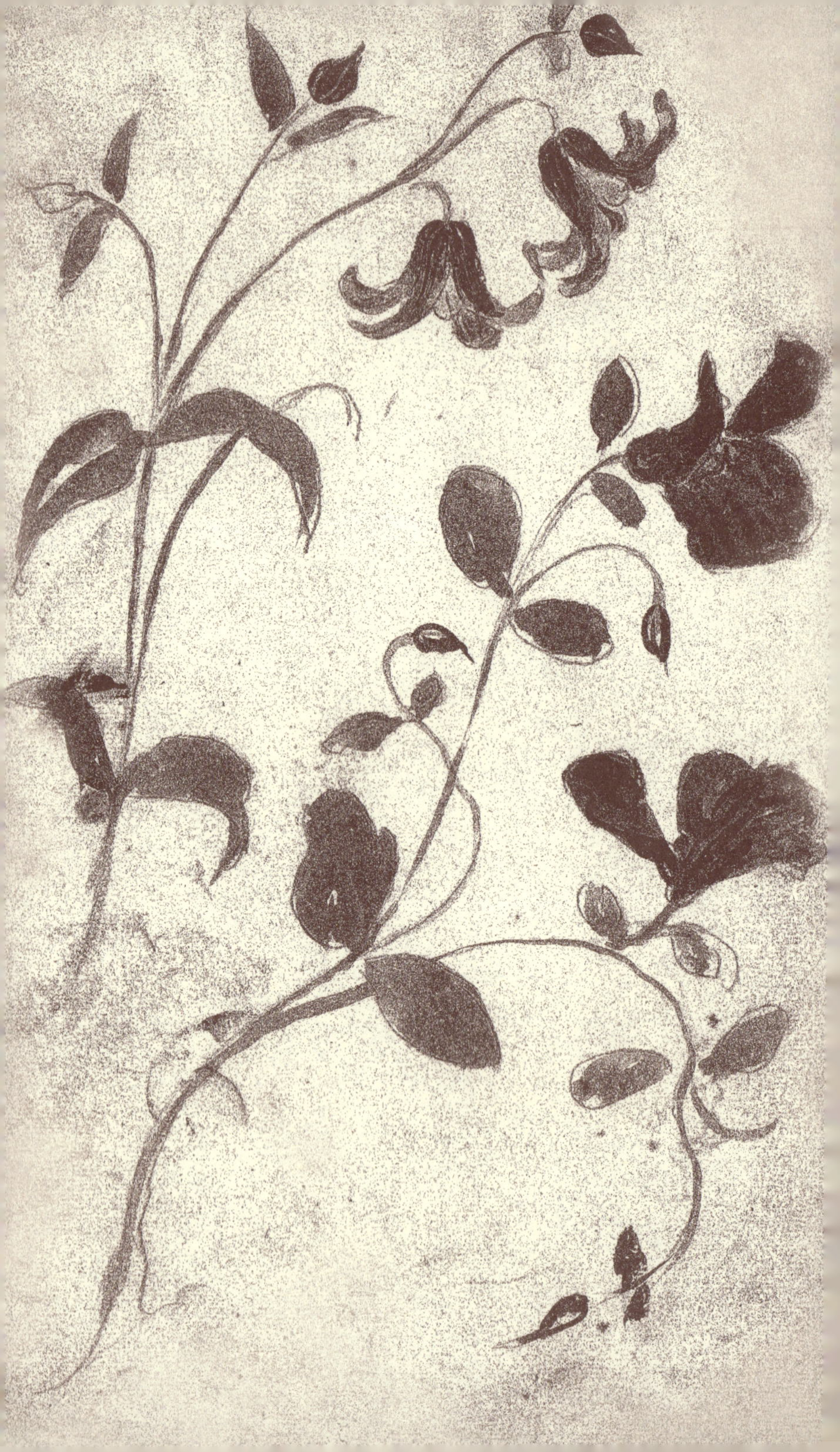

EU RECOMECEI NUMA QUINTA-FEIRA, VOCÊ PODE RECOMEÇAR AO TERMINAR DE LER ESSA PÁGINA.

O AMOR CHEGA QUANDO ELE ESTÁ AFIM DE CHEGAR.

Bar lotado, quinta-feira, 20h. Meu chope está cada segundo mais quente, é calor de janeiro, afinal. Estou suado. Suadíssimo. Ouso dizer: estou nojento. É o típico dia em que sei que não vou conhecer o amor da minha vida. Estou molhado demais para despertar em outro ser humano alguma espécie de interesse. Estou ali para beber. Beber, beber e beber. Suar e beber. Esquecer os problemas e beber. Jogar conversa fora, falar asneiras e beber.

O problema, ou sei lá como devo chamar isso, é que o cupido, acaso ou qualquer entidade responsável por conectar interesses e corações, não se importa. O cupido, acaso ou qualquer entidade responsável por conectar interesses e corações, quer ver o negócio pegar fogo, ele não sente na pele o calor de janeiro. E ela tava ali, sabe? Talvez um pouco suada também. Talvez querendo apenas beber. Beber, beber e beber. Suar e beber. Esquecer os problemas e beber. Jogar conversa fora, falar asneiras e beber.

E foi assim que a gente se conheceu: bar lotado, quinta-feira, 20h, calor de janeiro, suados e interessados em beber, beber e beber. Acredito que eu tenha visto filmes românticos demais e esperasse algo mais poético, mágico, colorido, épico. Algo mais romântico do que "fui ao banheiro descarregar os litros de cerveja e no corredor encontrei o amor da minha vida".

Acredito que eu tenha visto filmes românticos demais e, por isso, tenha a convicção de que existe O amor da vida, e que amor da vida não se conhece em *happy hour*, ou na fila da padaria, ou indo entregar exame de fezes. Seria uma afronta aos deuses do amor, aos romances e às comédias românticas do Telecine Touch.

Agora estou aqui, escrevendo isso, que eu não sei se chamo de crônica, conto ou apenas "história". Agora estou aqui, com a impressão de que é amor, mesmo a tendo conhecido no caminho do banheiro do bar, mesmo isso tudo indo em sentido contrário às minhas convicções românticas e juvenis.

O aprendizado é evidente: o amor não tem hora, lugar, jeito, contexto e forma para nascer. Ele nasce do mesmo jeito no bote salva-vidas do Titanic, na recepção do hospital, na sala do dentista, no bloco de Carnaval, num avião, num bar lotado, quinta-feira, 20h. Amor não é ciência, nem livro romântico do século XIX, tampouco um drama cinematográfico dos anos 1950. O amor é o mesmo nos bares, nas filas de farmácia ou numa livraria qualquer.

O amor vai chegar quando você menos espera. Não tem roteiro, não tem local marcado.

Ele chega... e pronto.

P.S.: NÃO FOI AMOR DESSA VEZ.

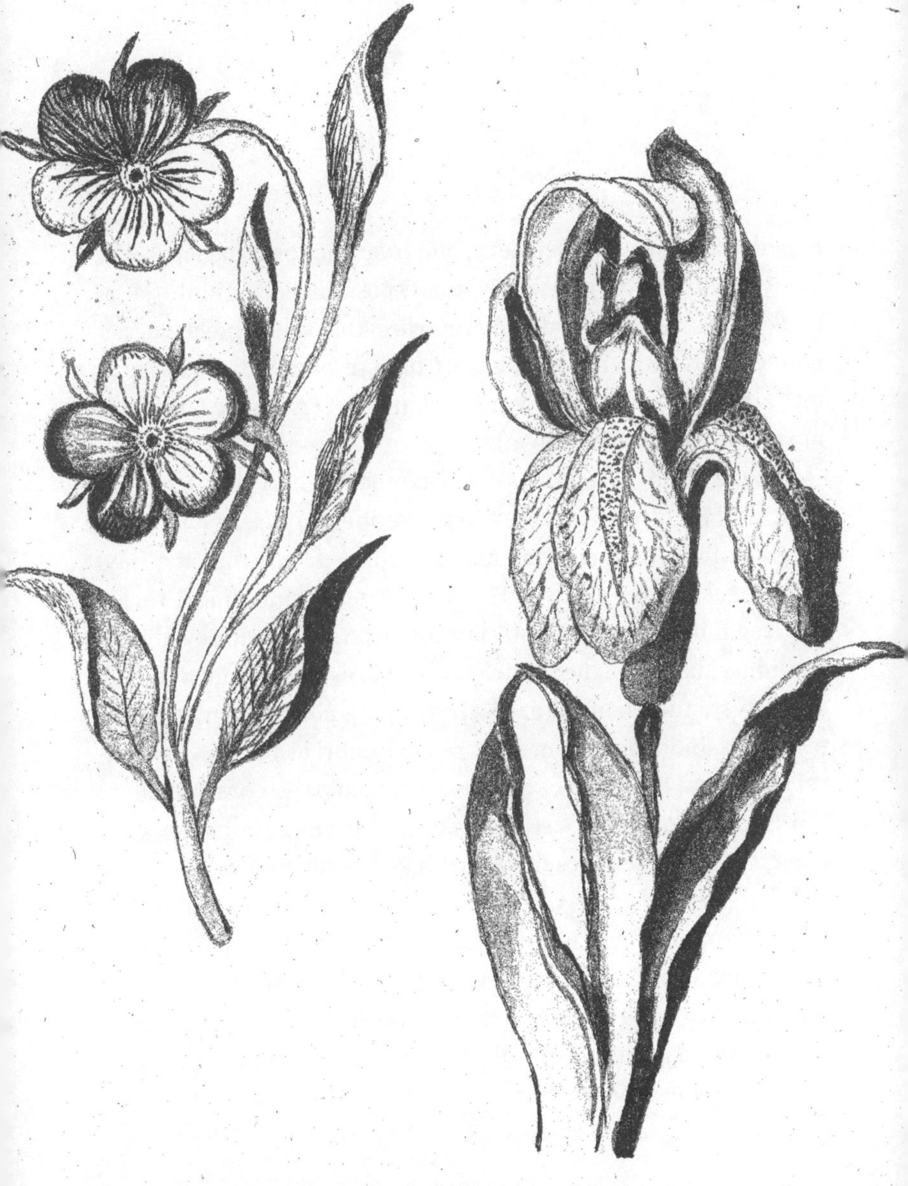

QUE SÓ CHEGUEM EM NOSSA
VIDA PESSOAS BEM RESOLVIDAS.

Espero que o próximo seja leve, que traga menos bagagem, sei lá, menos sentimentos mal resolvidos. O passado vai vir junto, já sabemos, mas que o passado não interfira tanto, não dite as regras, não seja determinante no roteiro. Como se o aprendizado ficasse, mas ainda persistisse uma vontade louca de arriscar de novo (e de novo, e de de novo, e de novo).

Porque também tenho passado, também tenho travas, medos, pé atrás. Mas estou bem resolvido, entende? O que eu vivi e, principalmente, com quem vivi, não tem força para atrapalhar meu presente, e isso é um alívio. Primeiro porque nem sempre foi assim, segundo que eu não estaria aqui disposto a abrir novamente a minha vida para alguém estranho se não estivesse com a certeza de que está tudo bem. Trazer o outro para nossa bagunça é uma irresponsabilidade enorme; me resolvi e abri as portas, escancarei as janelas, desarmei os arames e obstáculos do coração.

Das coisas que peço, essa é a mais importante: "Por favor, chegue de coração bem resolvido". E não é pedir muito. Claro que é difícil programar, às vezes nem sentimos e do nada sentimos tudo. Numa cafeteria, numa mesa de bar, num show que nem era para irmos. Quem dera existisse um sinal, algum alarme que arrepiasse a nuca, uma fisgada na costela, um beliscão no braço, qualquer coisinha que indicasse que ali existe alguém mal resolvido, e aí o instinto de sobrevivência faria o resto. Mas não.

Ficamos dependentes da responsabilidade alheia e de nossa força de vontade para evitar que entremos no caos afetivo que habita quem chega. Talvez a maturidade apure essa capacidade de se proteger, enquanto isso fico na esperança de que quem for chegar vai estar imune aos amores passados e vai ter a responsabilidade de me explicar como anda o coração antes de mergulhar em mim.

Não mergulhe em corações ocupados.

SÓ SEI SER INTENSO
E NÃO VOU MUDAR.

Não confunda serenidade com falta de intensidade, ou ser manso com não ser intenso. Na maior parte dos dias, sou paz, sou ilha paradisíaca, silêncio, riso baixo, sofá e almofadas, filme clichê anos 1990. Chá, céu azul, música lenta na vitrola. Sou devagar, quase sempre leve, como um balão que flutua e dança no vento, como uma garrafa que navega no oceano.

Lido bem com o silêncio e a solidão, acho que me acostumei, me acostumei a essa sensação de estar se sentindo só mesmo numa avenida no Carnaval lotado. Me sinto só, mas não reclamo. As pessoas que me acompanham e me entendem, conto nos dedos, e pra mim tá tudo bem. Já deixei de querer ter mil amigos.

Acho que o único exagero que carrego é essa coisa de querer um amor maior do que o mundo. Talvez essa seja a única ganância que me permito, essa e a de querer ser exageradamente feliz. Uma felicidade sem muito alarde, quietinha, mas minha, especialmente minha. Sou intenso no sentir. Sinto as coisas com mais profundidade do que a maioria que me cerca.

Sentir tudo, da maneira que sinto, é uma dádiva e também uma maldição. Sinto cada célula dos outros seres humanos que habitam o mesmo ambiente que eu. E isso dói. E assusta. E me faz repelir alguns contatos. Crio barreiras, porque sentir do modo que sinto desgasta muito. Incomoda-me essa geração anestesiada e desinteressada, são muitos pilotos automáticos, pessoas insensíveis, e nós, os que sentimos demais, adoecemos, nos machucamos, nos destruímos.

Certa vez me perguntaram o porquê de existirem tantas pessoas com coração quebrado, com traumas e travas, e a única coisa que eu soube responder é que é um mundo insensível, a compaixão está engavetada, o afeto congelado em alguma esquina da alma, a correria faz com que elas percam a sensibilidade e a capacidade de sentir o outro. E os intensos, raros e desnorteados, continuam por aí, alguns recolhidos, outros tentando modificar o mundo a todo custo. Vale a pena? Estou tentando descobrir.

Por enquanto, só sei que não sei como é não ser intenso, e, por mais doloroso que isso às vezes seja, no final das contas, vale sempre a pena.

TEM GENTE QUE É OCEANO PARA POUCOS.

Sou mergulho profundo. Não digo que isso é necessariamente bom. Às vezes sou uma bagunça incompreensível (até pra mim). Tenho buscado a estabilidade, dia após dia. É um processo lento. Sou mergulho profundo, tenho lado bom e lado ruim, caos e calmaria, o doce e o amargo, o leve e o pesado. Sou tenso e intenso. Confuso e pleno. Sou contraditório.

Sou mergulho profundo, e não é mergulhando poucas vezes que vão me conhecer de verdade; é preciso nadar, se banhar sem pressa, curtir as nuances das ondas, se refrescar, se afogar, desistir mas voltar. É preciso persistência. Paciência. Ausência de pressa e precipitação.

Às vezes eu fujo, me retraio, me escondo através do mistério que causo. Fico quietinho, no meu mundo, no quarto. É preciso abrir a porta com cuidado, entender que geralmente sou campo minado e luto muito para não ser. Tenho buscado a leveza, certamente a encontrarei junto da maturidade e do equilíbrio que ela traz.

O que eu quero dizer, afinal, é que rejeito julgamentos e preconceitos. Afasto-me de qualquer coisa que tente definir livros pela capa, resumir pessoas em atitudes isoladas, análises que ignorem a história que cada um carrega consigo. Não julgo e torço para não ser julgado, porque sou mergulho profundo, mergulho para poucos. Nem bom nem ruim. Apenas sou.

**Que você saiba que tem liberdade para ser quem é.
Seja!**

SER UMA BOA PESSOA É O ATO MAIS REVOLUCIONÁRIO QUE EXISTE.

Em tempos de frieza, seja afeto. Em tempos de desinteresse, seja carinho. Em tempos de ódio, seja amor. Em tempos de falta de tempo, seja presença nas horas ruins. O mundo vai mal, cê sabe, mas não se deixe contaminar. Não se paute pelas atitudes alheias, você é você, e isso é a coisa mais preciosa que pode ser.

Em tempos de dedos apontados, seja abraço. Em tempos de violência, seja paz. Em tempos de desavenças, seja conciliação. Os outros são os outros, e não temos que ser iguais a eles. É melhor ser do bem, em vez de ser mais um nessa multidão que prefere ser frieza, desinteresse, descaso. O importante é fazer aquilo que o coração pede para ser feito. Se os outros valorizam ou não, é problema deles, só deles.

Não traia seu caráter e sua essência. Não se afaste daquilo que você é e acredita, só porque as pessoas lá fora não têm a noção do valor das suas atitudes. Não mude seu jeito só porque o mundo não reconhece as belezas e qualidades que habitam em você.

Faça aquilo que sua intuição pede para ser feito. Se você fez tudo o que seu coração pediu, pode dormir tranquilo, pode deitar a cabeça no travesseiro sabendo que sua parte foi cumprida. Essa é a única coisa que lhe cabe: fazer sua parte. Fazê-la da melhor maneira sempre. O resto é consequência, acaso e um montão de coisas que não dependem mais de você.

O mundo vai mal, mas se você for bem, ele melhora.

NINGUÉM TEM DIREITO
DE DIZER COMO CADA CORAÇÃO DEVE AGIR.

Quando se trata de proteger o próprio coração, só você sabe o que é melhor para si. Não é da conta de mais ninguém. É você quem tem que dizer qual o melhor caminho, não importa o que as pessoas vão pensar ou dizer sobre aquilo. Se protege seu coração, é certo.

Se precisar sumir por um tempo, suma. Se precisar se afastar de algumas pessoas, se afaste. Se precisar cortar vínculos, corte. Se precisar parar de frequentar determinados lugares, pare. Se precisar bloquear, apagar o número e fingir por um tempo que não conhece mais alguma pessoa, faça, simplesmente faça. Se você sente que está fazendo o que é melhor pro seu coração, naquele momento é certo, e ponto-final.

Porque é você quem tem que lidar com tudo aquilo que mora aí dentro. Ninguém sabe a dimensão em que as coisas são sentidas em seu peito. Ninguém tem capacidade de medir o tamanho da bagunça que mora no outro. Não são as outras pessoas que deitam a cabeça no travesseiro e pensam aquilo que está se passando na sua agora. As pessoas lá fora não são você, e isso já é motivo suficiente para elas não se meterem nos assuntos da sua alma.

Não é infantilidade, não é desequilíbrio emocional, não é falta de jogo de cintura. É apenas seu jeito de lidar com as coisas, e cada um tem o seu. Se você acha que as atitudes que está tomando preservam e ajudam seu coração, não precisa dar satisfação.

Porque só quem sente, sabe. Só quem sente, tem noção do que está se passando. Cada dor é única e particular, os sentimentos são processados de forma especial no peito de cada pessoa. Não existem fórmulas ou poções mágicas. Não existem roteiros e jeitos certos de agir. Organize sua bagunça da maneira que julgar conveniente.

NÃO SE CULPE POR FAZER O QUE ACHA MELHOR PARA O SEU CORAÇÃO.

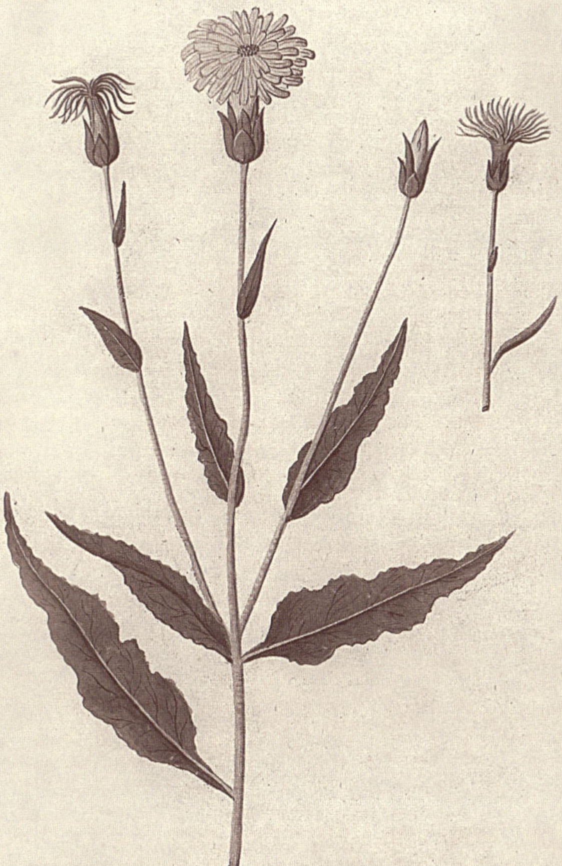

FIZ UMA PEQUENA LISTA DE COISAS QUE VOCÊ PODE FAZER QUANDO TEM UM DIA RUIM.

- Respirar fundo e fazer uma oração (nem que a oração seja apenas "vai ficar tudo bem").
- Ligar para alguém que te faz bem.
- Tomar um banho quentinho.
- Cantar no chuveiro.
- Brincar com seu animalzinho de estimação.
- Assistir a uma comédia romântica bem boba, um desenho infantil ou um show de comédia.
- Escutar uma *playlist* alegre.
- Sair com pessoas de que você gosta e que, sempre quando te encontram, te fazem bem.
- Deixar as redes sociais um pouco de lado (as falsas vidas perfeitas podem te deixar mais frustrado ainda com seu dia).
- Esquecer um pouco da dieta e comer sua comida favorita.
- Ir ver o mar.
- Fazer exercícios (de preferência ao ar livre).
- Afastar os móveis da sala e dançar.
- Ficar quietinho no seu canto (não tem problema algum nisso).
- Lembrar que tudo passa, inclusive os dias ruins.

O ÚLTIMO ABRAÇO
DESTE LIVRO

Espero que depois de ler este livro, você sinta uma paz tão grande que dê vontade de gritar para o mundo. Torço para que as palavras funcionem mesmo como um abraço e que você se sinta acolhido por tudo que foi escrito aqui.

Sei que a vida quase sempre é muito dura, que as dificuldades surgem o tempo inteiro e que você tem que descobrir e buscar, todos os dias, a sua força interior. Desejo que este livro funcione como combustível para que se lembre da sua capacidade de superar, de lidar com as dores e dificuldades, de dar a volta por cima. Você é forte e merece ser feliz, se este livro puder fazê-lo acreditar mais um pouquinho nisso, meu objetivo está alcançado.

É um dia ruim e não uma vida ruim, ok?

UM ABRAÇO APERTADO E UM BEIJO NA TESTA.

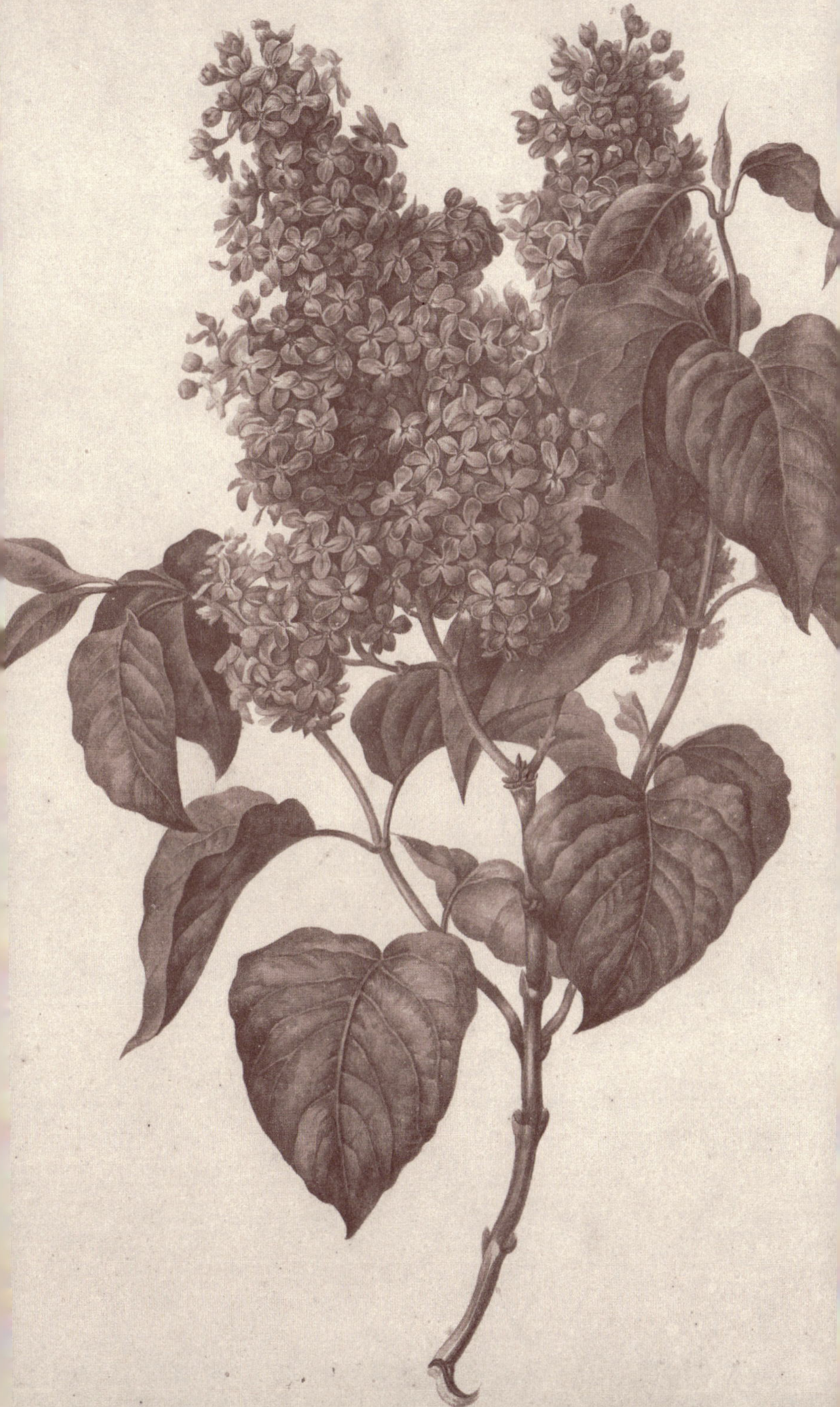

**Acreditamos
nos livros**

Este livro foi composto em Chronicle e Druk.
Impresso pela Gráfica Santa Marta para a
Editora Planeta do Brasil em junho de 2020.